U0923502

南风

〔阿尔及利亚〕阿卜杜·哈米德·本·海杜卡 著
陶自强 吴茴萱 译

華文出版社
SINO-CULTURE PRESS

ريح الجنوب

عبد الحميد بن هدوقة

目录

第一章

南风停息了。晨曦刚刚从重峦叠嶂的山峰间透过，洒落在经过一夜飞沙走石侵袭的村庄的土地上，这时，呼啸的南风停息了。今天是星期五，像往常的主麻日[①]一样，村民们都去赶集，村里的一切活计也都停止了。

阿比德·本·加迪和他的儿子阿卜杜勒·加迪尔正在院子附近帮着羊倌把羊群赶到那条穿过果园的羊肠小道上……加迪望着他面前的羊群愁眉紧锁，长长地叹了一口气。自从颁布有关土改自治的决议以来，各种流言蜚语使他坐立不安，惶惶不可终日。

羊群走远后，父子俩回到了院子里。儿子问道：

“爸爸，今天我还和你一起去赶集吗？”

“随你吧……”

“咱们是骑马呢还是骑骡？”

“我看骑骡吧，得买些农具回来！”

他看见女儿奈菲赛房间的窗户依然关着，一种不可名状的喜悦油

① 穆斯林聚礼的日子，在每周的星期五。

然而生。他正暗自盘算着要把女儿奈菲赛许配给乡长马立克。当然这个主意是很玄妙的,但要成功却不容易,也许乡长并不同意这门亲事呢。

父子俩一起去赶集了。奈菲赛还没有起床，她已醒了一会儿。离开阿尔及尔整整两个星期了，现在她真怀念那地方。

“连觉也无法睡！”她自言自语着,“但愿我在这几个月中能睡好觉……这里的一切都是那样躲躲闪闪不愿露面，甚至连太阳也是如此！可是，出门去看一堆废墟又有什么意义呢？人们所讲的原子弹也不至于把一个地方毁得比这个村子更糟糕……寂寞，除了寂寞，还是寂寞！我快被这种寂寞逼疯了。我这个活人跟坟墓里的死人没有什么不同，四面是墙壁，头上是木头天花板，死一般的寂静！我快要被这种寂静憋死了！母亲见我回家很高兴，可是，可怜的母亲，如果她去过阿尔及尔的话，那她一定会为我的回来感到悲伤的。”

房间是那么狭窄矮小，长宽各为三米，朝外开着一个小窗，窗口面对着果园，高七十厘米，宽五十厘米。在这狭窄的房间里，放着一张奈菲赛睡的旧床，一个比床还要陈旧的柜子。柜子里放着她的旅行包、衣服和书籍。窗户旁还有一张桌子和一条凳子。

奈菲赛每次从阿尔及尔回家，都睡在这间屋里。有两个原因，一是她喜欢那个小窗户，可以从窗户向外远眺屋后美丽的自然景色，就连吉尔吉拉群山的雄姿也能尽收眼底；二是她不习惯像乡下老百姓那样，和母亲、兄弟睡在一张大床上。所以她宁肯在这间又窄又小的房间里睡，也不愿迁就家庭生活中的那种旧俗。还有第三个使她独居在这小房间里的原因，那就是她要复习一学年的功课，阅读一些从阿尔及尔带回来的书籍和小说。

她在小床上辗转反侧，眼睛盯着房间的天花板数着：

“七块，十四块，二十一块……我已经不知数过多少遍了！只要我在这儿住一天，就得不断地数、数、数……”

她不着边际地遐想着，不仅思索前途灿烂的生活，而且什么都想：有时脑海里浮现出一些虚无缥缈的东西，有时不知不觉地思索女人的事情，这使她感到有点儿局促不安。她望着天花板，自言自语地说："这天花板用二十一块木板拼成，如果只有十八块的话，一定会出现一个大窟窿的。如果这些板稍微宽一些的话，那么十八块也就够了……"

"不，不，我现在还不能结婚……"她又斩钉截铁地对自己说，"我的学业，我的生活……我应该首先念完书，然后再改变生活……我要是现在考虑结婚的话，那才是发疯呢！我一个人也不认识，也没有谁认识我……我同学中的那些人吗？他们爱姑娘的一切，就是不愿结婚。他们中有位叫里达的小伙子，长得最英俊，可也最腼腆……虽然他考试没有及格，可是功课还算可以的……考试吗？真如他们所说的，是'瞎子的棍子'——瞎碰……如果我在阿尔及尔度暑假的话，一定会遇见他的。不过那又有什么用呢？他是一个非常怕羞害臊的人，他向我问早安时，老是脸涨得通红。而其他男同学却和他不一样，他们喊我'小家伙'，我也不知道这是为什么。我无论在身体，还是年龄方面都超过他们当中的一些人！我在母亲眼里，倒是一个小家伙，她还把我当小孩儿。我已度过了十八个年头，可总觉得好像是度过了十八个世纪……我在十四岁的时候，就觉得自己已经成年了！"

奈菲赛漫无边际地遐想了一番之后，自言自语道："唉！别同自己开玩笑了……该起床梳洗了。"

可她并没有起床，更没有梳洗，仍在床上躺着。她的手伸进内衣，轻轻地摩挲着自己的乳房，一种母亲在哺乳时的快感传遍了全身。她又下意识地把手抽出来，全身战栗，两眼盯着小窗户，嘴里咕哝着："我快要憋死了，快要在这沙漠里爆炸了！"

顿时，奈菲赛眼中噙满了泪水，感到一种莫大的委屈："所有的同学度假期都是欢欢喜喜的，只有我在这流放地……"

这时,母亲走了进来。她双手端着一个盘子。盘子里有一小碟面饼、一个咖啡壶、一只杯子和一个糖罐。她看见奈菲赛正在哭泣，惊奇而又体贴地问道：

“奈菲赛，你哭了？我的宝贝，怎么啦？”

她把铜盘放在桌子上，走到女儿跟前又问道：“我的宝贝，你怎么啦？是病了吗？”

奈菲赛扑到母亲的怀里,号啕恸哭起来。母亲搂着女儿坐在床边,她只有用眼泪来安慰女儿。于是，母女俩抱头痛哭起来。哭了一会儿,母亲先停止哭泣，她问女儿:“奈菲赛，你怎么啦？为什么伤心？你说说,你到底为什么哭？”

“没有什么，不知怎么的，只是一个劲儿地掉眼泪。”女儿回答道,并抹去了眼泪，然后莞尔一笑，又说：“我真是一个疯子！无缘无故就哭起来了……”

“安拉保佑你，我的女儿。你说说，难道你不喜欢和我们住在一起？”母亲问道。

“不，不。”奈菲赛矢口否认，“我只是感到心里憋得慌，也许是天气太热了。”

母亲又问:“你是不是做了噩梦,吓哭了？我有时就会这样。醒来后,想着想着就伤心起来。”

“不，我没有做梦，我只是感到心里憋得慌，太寂寞了。”

“奈菲赛，那你就同我和你父亲、还有亲戚们聊聊吧！”

“唉，妈妈，我也不知道该怎么向你们述说我的这种感觉！”

“我的女儿，起床吧。洗洗脸，不要再胡思乱想了……奈菲赛,你要是去做做礼拜，就不会闷得慌了……”

奈菲赛觉察到母亲在说做礼拜时，有点儿责备她的意思。她很恼火，但是没有流露出来，只是婉言答道：“像我这样年龄的姑娘，谁还在做礼拜？”

母亲用埋怨的眼光看了女儿一眼，就不再说什么了。虽说宗教对每个人都是有用的，可她也没有再指责女儿什么了。她自言自语着：

“她学了法文，将来一定会背离正道，走上邪路的。”

接着她又冷冰冰地对女儿说：“咖啡在桌子上，我已经加了糖。”

说完，便去干活儿了。她嘴里还在唠叨着：“已经是晌午了，还躺在床上！谁愿意娶一个这样贪睡的女人？她父亲含辛茹苦攒了些钱，想把她嫁给乡长，他以为自己的女儿是一位举世无双的姑娘。可她不会料理家务，光会读书，那对她未来的丈夫又有什么用处？……”

母亲一面没完没了地发着牢骚，一面干着活儿。奈菲赛不起床，也不洗脸，只是把床边桌子上的铜盘拉过来，倒了一杯咖啡喝完，又躺倒在床上，好像有意和母亲赌气似的。“做礼拜，做礼拜……这儿的人只知道礼拜、死亡，却把生活当作魔鬼……”她拉起被子蒙住头，堕入了无边无垠的愁海之中。突然，她气呼呼地站起来，把窗户推开，又回到床上。“我偏不做礼拜！”炎热的空气钻进了屋里，她在床上翻来覆去，最后仰面躺着，不知所措……她伸手在床边的小桌上拿起一本书，盯着书皮看了一会儿，心里想道：“这儿没有《卡拉马佐夫兄弟》[①]，但是，我们这儿却有《烧炭的兄弟们》……”她漫不经心地翻阅着书页，忽然，目光停留在一句诗上：

我只相信你心中的话，
而神则一无可信。

她又翻了几页，看到了一段话：“时光将一个世纪一个世纪地流逝，人道主义仍然挂在学者、贤人们的嘴边，他们声称，这儿没有罪犯，

① 俄国19世纪著名文学家陀思妥耶夫斯基的重要作品。

也没有什么痼疾，只有饥饿的人类。给他们食物吧，让他们变成有道德的人吧！……”

她再也读不下去了。字里行间浮现出阿尔及尔的通衢大道，蜿蜒的十里长街和熙熙攘攘的人群……

窗外隐隐约约传来了远处伤感的笛声。吹笛人似乎倾注了他心中惆怅孤寂的感情，吹出了如月光一般清澈的曲调！她下意识地把书放在胸脯上，侧耳细听笛声，心中琢磨着其中的奥秘。她已经忘掉了自己，忘掉了小房间，忘掉了她所在的“流放地”，忘掉了母亲埋怨她不做礼拜的事，忘掉了贴在胸口上的书，也忘掉了阿尔及尔的通衢大道和满街乱跑的孩子们发出的喧闹声……她把自己都忘得一干二净了，笛声把她送到了无边无际的九霄云外……

她已经不是第一次听见这笛声了。可是在过去，她一听见这声音就觉得刺耳。那时因为年幼，对这种反映贝都因人[①]艰难生活的情调还不能深刻理解。而现在，她已是妙龄少女，生理上发生了变化，一切器官都变得那么敏感了。她被充满浓郁的乡土情调的笛声陶醉了。她沉思起来，遐想着笛声倏然化作鸟儿的翅膀，自己附在上面不停地向高处飞翔。她来到了阳光普照的静谧的天空，这里的一切都是那么圣洁、神奇。她来到了云海中的一个高丘上停住了。突然，她发觉自己已经坐在吹笛人的身旁了！他俨然是一位王子，单独生活在一个星球上，长得比“圣特·伊格祖比里王子”还英俊。星球上除了他本人之外还有他的羊群。这位王子对她不屑一顾，只是对着他的山羊、绵羊吹奏曲子。他用笛声把羊群从一个草原驱赶到另一个更肥沃的草原，从一个清澈的泉眼赶到另一个更清凉甘甜的泉眼。他吆喝着羊群，羊群就报以“咩咩”的回答；他驱赶羊群，羊群就乖乖地顺从；他用笛子为羊群吹奏缠绵悱恻的曲调，羊群似乎被笛声陶醉了，发出优美动

① 在阿拉伯半岛和北非沙漠地区从事游牧的阿拉伯人。

听的叫声！……正当奈菲赛沉思于梦幻中时，远处突然传来一阵呼唤声，这是在呼叫她的弟弟加迪尔。她霍地起身走到窗前，想看清是谁在叫喊。

* * *

奈菲赛看见远处蹒跚而来的是陶器女工拉赫玛大娘。她背着一个芦苇编的筐，筐的绳子系在胸前。奈菲赛一见大娘便高兴地在窗口高声呼喊："大娘，快来，快来呀！"

她又飞快地从房间里跑了出去，到大门外迎接大娘。刚走到羊圈那里，却碰见了母亲，母亲用责备的口吻问道："大白天的，你喊谁呀？"

她高兴地答道："大娘！拉赫玛大娘！"

母亲的怒气一下子全消了。她想起来了，她曾和大娘约好今天一起去上坟的。于是她对女儿说："今天是主麻日，我把它忘得一干二净了。"

拉赫玛大娘颤巍巍地走来，两只脚磕磕绊绊，好像行走在荆棘丛中。说实在的，她走的那条道也真是荆棘丛生。她嘴里嘀咕着走近了院子，看见奈菲赛在门口迎候她，便说道：

"我真不知道我是两只脚支着身子呢，还是身子管着两只脚！"

奈菲赛嫣然一笑，答道："您总说自己年岁大了，我看您还挺年轻的呢。自从我认识您以来，您压根儿没变，还是那个样子……"

"我的孩子，俗话说'只有挨打的人才知道鞭子的厉害'。我年富力强的时候，对荆棘毫不在乎。今天，连干草也觉得扎脚了。"大娘伤心而平静地说着，"你好吗？我的孩子。身体好吗？你觉得咱们这个地方怎么样？"

奈菲赛上前拥抱了大娘，并使劲地亲吻着她。奈菲赛很喜欢大娘，她觉得大娘身上有很多优点：她会讲许多故事、谚语、趣闻；她性格爽朗、知足常乐。这一切都是奈菲赛喜欢大娘的原因，也是所有认识大娘的人喜欢、尊敬她的原因。奈菲赛想帮大娘背筐，大娘制止了她，说：

“不用了，这筐不重，里面只放着几个陶罐。”

奈菲赛惊喜地说：“大娘，您还在和瓶瓶罐罐打交道？”

“我要和陶器打一辈子交道了。”大娘的话说得很深沉。

这时候，奈菲赛的母亲哈伊拉笑眯眯地朝大娘走来，大娘便问道：“哈伊拉，你好吗？奈菲赛回到你身边，你一定很高兴吧？你瞧，她已长大了，是一个十足的女人了！”

“不……还可以，赞颂全归安拉！”母亲咽了一下口水，嗫嚅地回答。“大娘，您好吗？天气这么热，您身体还好吗？”

“还可以，正如俗话所说的‘糊口度日，等着老死’，得过且过吧！”

三个人一起进了屋。这间屋是全家聚首的地方，既当会客室也当餐室，冬天，这里还做厨房使用，母亲晚上睡在这屋里。

这间屋像农村中的千家万户一样，没有任何引人注目的摆设。屋子的一面墙上钉着一块长长的木板，上面放着器皿、小盒子、玻璃瓶；另一面墙上挂着筛子和带嘴的陶壶。墙角那里还放着一个绿色的大木箱，上面画着鲸鱼、玫瑰花，奈菲赛的母亲把她的衣服、首饰，一切私房都放在这个箱子里。

大娘和奈菲赛都坐下了，哈伊拉去给大娘煮咖啡。大娘从筐子里取出三个用陶土新制的杯子和一个汤碗，说道：

“奈菲赛，这个杯子给你，你看见上面画的玫瑰了吗？那是我特地为你做的。那个小的杯子给加迪尔。这个画着一串椰枣的杯子给加迪先生。这个汤碗给哈伊拉。”

“谢谢大娘，谢谢啦！这个杯子真好看。秋天，我回阿尔及尔时，一定把它带去。”

大娘不置可否地晃了晃脑袋，她对奈菲赛秋天回阿尔及尔的说法表示怀疑。

哈伊拉端着咖啡走了进来。大娘说："哈伊拉，还煮咖啡干什么？我已经喝过了……"

"每种咖啡的味道都是不一样的。这咖啡是我早已准备好了的……我不知道您会觉得它味道如何？"

"味道肯定不错。你煮的咖啡哪有不好喝的时候？"

哈伊拉倒了满满一杯咖啡递给大娘，又倒了一杯给奈菲赛。奈菲赛说：

"谢谢，我不喝了……我不太喜欢喝咖啡。"

大娘接话说："我对那些不爱喝咖啡的人总是感到挺奇怪的。我要是没有咖啡，就会坐卧不安了。"

奈菲赛劝说道："大娘，喝多了有害处，不论是大人还是孩子，喝多了都对身体有害。"

"我的孩子，可别这么说。哈桑·沙兹利的女儿不会害人的。"

奈菲赛根本不明白大娘的话是什么意思。她问道："大娘，这个哈桑·沙兹利的女儿是谁呀？"

"沙兹利娅……你不知道哈桑·沙兹利的女儿沙兹利娅？我的孩子，她就是咖啡呀！哈桑·沙兹利先生发现了咖啡，并弄清了它的奥妙。我的孩子，安拉保佑的哈桑·沙兹利先生把咖啡介绍给人们，他是第一个喝咖啡的人。"

奈菲赛既不想反驳大娘的话，也不想同大娘谈她从书上看到的关于咖啡的掌故以及一些产咖啡国家的情况。反正村里人都称咖啡为"沙兹利娅"，并对那种说法坚信不疑。奈菲赛即使说出她所知道的关于咖啡的掌故，也没有人会相信的。村里流传着很多的神话和传说，由于老百姓的迷信，这些神话和传说竟变得活灵活现，有根有据，并且不容置辩。

大娘还在说咖啡的事，她说：

“我的孩子，虽说咖啡是黑颜色的，但是，它的作用却了不起！”

大娘发现奈菲赛没有答言，便以为自己也许没有说到点子上，于是又说：“我的孩子，反正喝咖啡对我们没有什么坏处，它是一样挺好的东西，我们也不是每时每刻都在喝它的呀！再说，我们这儿除了咖啡也没有别的东西可喝了。在城里，咖啡喝多了也许有害处，因为城里人不分场合，每时每刻都喝。”

奈菲赛赞同地说道：“是啊，在阿尔及尔，咖啡就像水一样，经常是现成的。”

“你也看到了？咖啡这东西，人们对它的喜好各不相同！世上的一切东西只要一过分就有害处啦。”

母亲没有加入她们的谈话，这倒不是由于她对话题不感兴趣，而是她的禀性如此。自从出嫁后，夫妻生活使她不习惯多说话，喜欢沉默寡言。

哈伊拉看见大娘喝完了咖啡，便问：“大娘，我们这就去墓地好吗？”

“好啊，我正是为了这事才来的。今天是主麻日，一定要去探望死去的亲人。”

奈菲赛问母亲：

“我呢？是不是也和你们一起去？”

母亲说：“咱们都去了，谁看家呢？”

“哈伊拉，应该让奈菲赛和我们一块儿去。”大娘说话了，“家呢，就照我那样做，把门一锁就行了。今天是集市日，镇上空空荡荡，所有的人都去赶集了……你还是让她和咱俩一起去吧，也该让她出去走走，散散心……奈菲赛，你说是吗？”

“是的，大娘！我真想出去见见世面，在这牢笼里真闷死人了。”

通往墓地的路是这村里唯一的一条笔直而又平坦的路。墓地的风水很好，是村中最好的一块地。但是死者得了这块村中的宝地，已无法把他们对这永久居住地的满意之情，告诉活着的人们了。当大娘、奈菲赛和她的母亲一起来到墓地时，只见坟墓上有三头毛驴在吃草。

奈菲赛愤懑地说：“哪个该死的家伙，竟让毛驴践踏死人！”

大娘回答说：“乡亲们都是把牲口放到墓地上吃草的。”

哈伊拉说：“他们对活人都瞧不起，何况是死人呢？”

奈菲赛问道：“他们为什么不在墓地四周筑一道篱笆呢？用篱笆挡一挡，不就什么牲畜也进不来了吗？”

“我的孩子。”大娘笑着说，“话是这么说，可是人们连自己的家园、果园都保不住，哪里还顾得上墓地！”

“真小气！”奈菲赛回了一句。

“不是小气，是穷！”大娘回答。

哈伊拉说：“并不是所有的人都穷，也不是所有的人都是小气鬼。不过他们做得太过分了，只是在送葬的那天，才想起墓地来。”

大娘朝她亡夫的坟墓走去，哈伊拉带着女儿走向她母亲的坟墓。

大娘坐在放满陶器的墓前，对已经死去二十多年的丈夫诉说起来：

“唉，正像你看到的，我又来了……我给你带来了一只我前几天做的小杯子，这就是我能为你做的事。我还把一个陶罐放在你的坟上，也许你的亡灵能喝到积在罐中的雨水。我的祭品也就是这些陶器。如果我有钱的话，每次主麻日都会带些食品来看望你。可是我的处境你是知道的……我的身子已经不行了，现在把一筐土从土坑背到家里都感到很吃力啦！上星期一，我跌倒在地上，一筐土死沉死沉地压在背上。现在我一不小心，就会摔倒在地。做陶器的土又用完了，风刮得那么大，我真害怕变天下起雨来就无事可做了……我的手也不中用了，磨制陶器的时候，老是打颤。唉，这是命中注定的！我只能过一天算一天。万事都有定数，各人有各人的命运。”

她停了一会儿，又对着亡夫说：

“我还忘了告诉你……我还是不会做以前对你说过的那种器皿。每当我做好一个新罐子，最后总是发现它缺了点儿什么，我也不知道这是为什么？说真的，我的一双手也不像从前那样利索了，不过还能做出一些精巧的式样来。不，不是我的双手不听使唤，而是我的脑子里没有中意的式样……我喜欢做那种从远处看和旧的差不多，在近处仔细瞧，就会发现在制作、磨光、修饰等方面有新颖之处的陶器！奈菲赛，就是那个坐在她母亲旁边的姑娘，你是不认识她的，因为她是在你死后才出生的。她对我说，她有一些书，书里有各种器皿的图案。她还让我看过这些图案，并要我按图制作。我对她说，我喜欢做一些新奇的、别人从来没有做过的器皿……这个小可怜，她还要帮助我，她以为我还想做村里没有人做过的器皿……其实，我是想寻找一种我心里知道怎么做、而我的双手又做不成的东西。这姑娘在阿尔及尔念书，但依我看，她爸爸不会让她继续念下去了。这是她母亲告诉我的。她母亲说，他们两口子想把她嫁给马立克。你离开人世的时候，马立克只不过是个孩子，现在却当上乡长啦……上星期，有人说要给村民们发放面粉，可是，到今天连一点儿影子也没有见着！或许，今天晚上赶集的人会带来一点儿新消息。现在镇上空空荡荡的，人们都去赶集了，去看新建的清真寺了……我也不知道这些清真寺究竟是为谁盖的？人们一不做礼拜，二不干活儿。独立以来，他们老是聊天瞎扯！……”

大娘唠唠叨叨，没完没了地对着亡夫诉说着村里发生的一切……

奈菲赛坐在母亲的身旁，母亲悲痛地对着坟墓哭泣着：

“啊唷，我的好妈妈！打仗使您和侯赛因送了命，您撇下我一个人活着受罪……”

这时，一头公驴忽然不吃草，开始“撩拨”一头母驴了。奈菲赛一抬眼，正好看见那头公驴趴在母驴的背上。她赶紧把目光转过去，恼怒地暗自骂道：

“真可恶！竟在坟墓上干这种事！”但是少女的好奇心又驱使她再一次去看这种新鲜事，这是她有生以来第一次看这事，这种场面在她的心里产生了一种难以描述的感觉。不管怎么说，驴的愚蠢使她从头至尾看到了这件事的“全过程”，也使她领悟了一种自然现象。坟墓也好、农田也好，对驴来说都是一样的，但是人就不会这样了……也许人在这种地方分娩的时候就跟驴生驴一样，管不了什么坟墓、农田或是品行什么的了。驴像人一样，有大自然所赋予的一切条件，进行有意识的动作，那就理所当然地可以把埋葬死人的地方当作交配和繁殖后代的场所了。

“在坟墓上！竟在坟墓上干这种事，太可恶了……”奈菲赛继续悄声骂着。

这件无法描绘的事情使她想入非非，她把母亲和死人都忘记了。她的母亲没有看见刚才在坟墓上发生的事，因为她迟钝的目光只是注视着坟前的这块小地方……她在回想遥远的过去，她当姑娘的时候，可不像现在这一代姑娘……那时候她是以她母亲的眼光来看待生活和一切的。母亲喜欢什么，她自然也喜欢什么，母亲讨厌什么，她也就讨厌什么，母亲高兴她欢乐，母亲流泪她哭泣。如今，她的女儿……她暗自难过着：“唉，这就是我的女儿，无动于衷地待在我身边。我的眼泪、哀痛打动不了她的心……”

她在心里对已故的母亲说道：

“妈呀，以前您流泪，我也流泪！您高兴，我也高兴……”

奈菲赛站起来，离开母亲朝拉赫玛大娘走去。这时大娘已经对亡夫讲完了她的长篇大论，她看见姑娘朝她走来，就说：“我本来想到你们那儿去的，瞧，你倒先来了。”

姑娘看到坟墓上摆满了各种陶器，惊讶地问：

“大娘，放这些坛坛罐罐干吗？”

“这样鸟儿能喝到水，死人也能得到甘露呀。”

“可是，这些坛坛罐罐都是空的呀。”

“天下雨时，坛坛罐罐里就会有水了。”

“要是天不下雨呢？”

大娘沉默了片刻：

“如果天不下雨……那时候，活人和死人也就没有什么区别了！”

“大娘，艾赫德尔大叔去世几年了？”

大娘的脸上流露出沉思的神态，然后答道：“是在实行粮食配售制那年死的。”

那年正是第二次世界大战期间，实行粮食配售制大约是从 1941 年到 1949 年。战争年代大部分都是灾荒、饥饿的年代，所有的村镇都实行配售制。当时，每户有一张卡片，上面写着家庭人口数字，每到月底，户主拿着卡片到统治当局指定的商人那儿购买面粉、食用油、肥皂和咖啡、糖等物品。而配售给老百姓的粮食大部分是霉烂的，于是瘟疫在村子里到处流行，死了不少人……

大娘和姑娘都沉默了。还是姑娘先开口：

“我妈还在哭姥姥呢。”

“我的眼泪已经哭干了，干吗还要哭呢？我虽然还活着，但跟我死去的男人有什么两样？”

奈菲赛回答说：“不管怎么样，活着总比死去好。”

“不，不全是这样。”

大娘看见奈菲赛的母亲朝着她俩走来，又说：

“我们在这儿待了很久，该回去了。你妈也已经祭完了。”

哈伊拉走近大娘：

“大娘，我们就回去吗？”

“回去吧，我们在这儿已经待了很久了。你祭完了吗？”

奈菲赛的母亲伤感地说：

“我们是常来探望亡人的，因为心里老是惦记着死去的亲人。”

大娘接着说：

“是啊，我的孩子，故世的人使我们都很不幸。”

她们三个离开坟地回家了。天气越来越热，整个村子没有一点儿动静。晴朗的天空，顿时乌云密布，好像要和地面贴在一起了。她们走着走着，忽然听到一阵从村边山脚下传来的笛声，这笛声好像在对炎热和乌云挑战。大娘停了一会儿说：

“如果没有这支笛子的话，别人还以为村子里已经有好几年没有住人了呢。”

哈伊拉说：“这个吹笛子的人是羊倌拉比哈……”

奈菲赛说：“他和羊群在一起，一定很幸福！”

* * *

她们回到了家，奈菲赛走进自己的房间去换衣服，母亲和大娘一起进了全家聚首的那间屋子，母亲显得忧心忡忡。大娘便问她：

“哈伊拉，我看你愁容满面，到底出什么事啦？”

“大娘，没什么。”她机械地答道。倘若有时间的话，她一定会对大娘讲实话，好好诉说心中的烦恼事。大娘一听这简单的回答，便揣测哈伊拉心里有烦恼事。大娘想把她的心事引出来，便说道：

“上坟使你难过了，不要过多地去想死者了。哈伊拉，我们将来的归宿都在那儿。”

“大娘，上坟倒没有使我太难过。使我难过的是活人。您瞧见奈菲赛在她姥姥墓前那种样子了吧？她几乎讨厌我在哭妈！……”

停了一会儿，她又说："她虽然什么也没有说，可也没有像做女儿的那样陪着我流泪。大娘，这难道不使人伤心吗？你在哭，而你又眼巴巴地看着女儿不跟你一起伤心流泪，这怎么能不叫人难过呢？"

大娘安慰她说："哈伊拉呀，你瞧，奈菲赛还是一个姑娘嘛。她还不懂得生死的意义，所以没有和你一起流泪。这并不是她不喜欢你，而是因为她不会像别的女人那样用眼泪来骗人。"

"不，大娘。俗话说'伤心人才知伤心事'。她从阿尔及尔回来后一直讨厌我。她只知道书啊、唱歌呀，有时像疯子一样哭一场。我每天第一个起床，最后一个睡觉，她都看在眼里，就是没有一次想帮我的忙。她还是一个姑娘，我不会要她去挤奶、扫羊圈的，可总得帮我和和面、洗洗衣服呀。"

大娘想消一消哈伊拉的气，便说道："哈伊拉，她是忙着读书呢！"

"她讨厌干活儿，讨厌像其他姑娘那样帮助母亲干家务事。不干活儿光读书又有什么用！"

"哈伊拉，你应该让她养成干活儿的习惯。"

"我怎么使她养成干活儿的习惯，一个十八岁的大姑娘，还要我教她养成干活儿的习惯？每天早晨喝的咖啡，要不是我给她端去，她就不喝……"

"你也不对……你让她自己煮咖啡，自己洗衣裳嘛。"

"主啊，我也不知道该怎么办才好！"

"办法是有的，正如俗话所说'不要甜的就吞、苦的就吐'。无论如何，我都要跟她说说，她还是会听我劝告的。"

"随她便好了。俗话说'对没有心眼的人，提醒也白搭'。"

大娘想问问哈伊拉外面在传说有关奈菲赛的事是否真实，便说："哈伊拉，乡长马立克是真的要和奈菲赛订婚？"

"我也不知道是真是假。"哈伊拉诚恳地回答，"我也听说了。可她父亲从没对我提起过这件事。”

“如果他真的要与奈菲赛订婚，或者打算同她订婚，你看怎么样呢？”

“大娘，我也不知道。安拉啊，马立克究竟是我们的亲人呢，还是我们的冤家？过去的事，您是知道的……”

大娘愤愤不平地回答说：

“哈伊拉，马立克一天也没把你们当作冤家。你错了！他爱你们甚于爱别人。你来问我好了，我比任何人更了解他。革命年代发生的事情是命里注定的。谁会杀死自己最亲近的人呢？宰莉哈是他最心爱的人……自从宰莉哈死了以后，我还从来没有看见过他的脸上有笑容。直到今天，他的内心里和生活中始终充满着痛苦。”

哈伊拉叹息道：“唉！大娘……像玫瑰花一般的宰莉哈，年纪轻轻的就死了。她死得好冤哪……”

哈伊拉每次诉说起这段痛苦的往事，眼泪都会止不住往下流。在革命年代里，她的女儿宰莉哈就像成千上万死难的阿尔及利亚人一样，成了判断错误的牺牲品。

大娘看到哈伊拉在哭泣，便说：

“哈伊拉，别哭了。痛苦的年代换来了高兴的日子。现在革命结束了，我们幸福地生活在自己的土地上。当时谁能料到我们还能活到今天！你还记得过去那种暗无天日的日子吗？那年头真是度日如年。赞美安拉，这一切总算过去了。当年法国人耀武扬威，闹得天翻地覆，结果也被打败了，撤走了，土地还是回到了真正的主人手里……”

哈伊拉打断她的话说：“战争给我们留下的都是痛苦的回忆；大娘，我们埋葬了许多好人哪。”

大娘说：“是啊，我的孩子！谁死了，我们就把他埋了，还痛哭一场。谁活下来了，我们就祝福他，这就是生活。哈伊拉，我们不应该让伤口开着，而应该把伤口治好。无论如何，我们要感谢安拉。你还不知道，马立克受伤以后，在我家痛得死去活来，多么受罪啊！你不知道，宰莉哈的死对马立克来说是多么悲痛……”

哈伊拉知道大娘和乡长有远房亲戚关系，这种血缘关系在乡村中几乎大多数人家都有。她就带着嗔怪的口吻答道：

“大娘，马立克可从来没有表白过他是宰莉哈的未婚夫。自从他不幸负伤以后，他从未在我们家停留过。独立了，战争也结束了，可是，他对我们却越来越冷淡，越来越疏远了。这是为什么呢？”

她俩正说着，奈菲赛笑容可掬地走了进来。她穿了一条人造丝的蓝色连衣裙，裙子上印有许多小小的白色杏花。一束长发垂在胸前，一直垂到束腰的白色塑料皮带那儿。她笑眯眯地带点歉意对大娘说：

“大娘，刚才我去梳头发了，所以来迟了一会儿。”

大娘想走了，她双手支着地，想站起来。于是，她弯着腰说道：“已经是晌午了……保佑你们平安。我该……”

奈菲赛打断了她的话，用责怪的口吻说：“大娘，您怎么能这样呢？我刚进来，您就想走啦。”

“已经是晌午了，赶集的人快回来了。”

奈菲赛说：“这有什么关系？管它什么晌午不晌午的，也别管赶集的人回来早晚。”

哈伊拉赞同女儿的话，说道：“吃完午饭后，我们才让您走！”

拉赫玛大娘对她们母女俩的好意表示感谢，但执意不肯留下吃午饭，因为她已经拜托了一位邻居为她从集市上买一些东西。但是，奈菲赛发誓，非要让她吃了午饭再走。奈菲赛说道：

“您要么不来，要么刚来就找种种借口回去，好像您待在这儿会使我们为难似的……”

“我的孩子，不是这样的。俗话说‘只有心里喜欢的地方，脚才走得勤’。我是喜欢你们的。”

奈菲赛说：“如果您真喜欢我们的话，那么就坐下和我们一起吃午饭。”

此时，大娘提出了一个条件，她对奈菲赛说：“要是你去做饭，我就留下来吃午饭！”

奈菲赛憨笑着，对大娘的要求表示难以从命。“大娘，可是我做不好！我是说做这儿的饭……”

她差一点儿要说“乡下人的饭”，但她怕说出来会伤大娘和母亲的感情，所以改口说“这儿的饭”。

哈伊拉说话了：

“大娘，饭还是我来做，难道我做的饭您不爱吃？”

大娘用一种埋怨的眼光瞟了哈伊拉一眼，说道：“让奈菲赛做饭吧，不能什么事全让你一个人包了。”

哈伊拉叹了一口气说道：“哎！大娘啊！我已经习惯一个人包办了……”

大娘劝说道：“奈菲赛现在已经是一个到了结婚年龄的女人啦，她不从你这儿学会做饭、做家务，让她到哪儿去学呢？”

奈菲赛笑嘻嘻答道：“大娘，我会做饭、缝纫、绣花，什么家务事我都会做得挺好的。这一切都是我在学校里和宰比黛姑妈那儿学会的。”

大娘感到惊讶。“刚才你还说，你不会做饭呢，怎么，是不是我没有听清楚？”

奈菲赛委婉地答道：“大娘，我只是不会做乡下的这种饭，除此以外，我什么饭都会做。”

这时，母亲站了起来，准备出去做饭。

大娘对奈菲赛说：“学做我们这儿的饭是最容易不过的事，你去瞧瞧你妈怎么做的，跟她学学吧。”

奈菲赛听了大娘的话，略微想了一会儿，忖度着这些话对她所憧憬的未来生活有什么意义。她把家里人和所有乡下人过的枯燥简单的生活同她在阿尔及尔姑妈家稍微领略过的那种文明讲究的生活相比较，没有发现什么相似之处；她从许多书籍、电影故事中看到了许多关于都市生活的描述和有关赛仙皇后、莎拉娅公主、伊丽莎白·泰勒[①]或是古拉斯公主等其他一些显赫一时的名媛淑女的生活，但是，去哪儿寻觅那种生活啊？她不想在乡下结婚过一辈子。她的理想也仅仅是这一些。她知道宰莉哈姐姐的事情，宰莉哈心甘情愿嫁给那个乡下青年、革命者马立克，结果反而送了命，而马立克现在却成了乡长……不，不，这不行！嫁给乡下人太离奇、太荒唐了。学乡下人的手艺有什么用处呢？现在她在家中所过的生活和书本上描写的那种史前时代的生活又有什么两样？！

“让我瞧着母亲干活儿，跟她学！……这个好心肠的大娘也怪可怜的！她还不知道我不想成为像妈那样的人呢！”

这些想法在她脑海里翻腾了一会儿，可是她对大娘却一点儿不露声色，只是说：

“大娘，我忙于复习功课。再说，如果我学做这儿饭的话，那一定会把瓶瓶罐罐全打碎的，也许会把自己也烧着了。这一切又有什么好处呢？”

大娘从奈菲赛的话中，已经看透了姑娘的心思。她还想证实一下，便说道：

“俗话说‘艺不压身’。我们学的一切都是有用的，没有无用的东西。瓶瓶罐罐嘛，你也不要可惜，要打碎也没有办法，反正我会制作你称心如意的瓶瓶罐罐。”

奈菲赛感到大娘将了她一军，不知道该如何解释才好！她知道大娘并不是那种啰里啰唆、胡搅蛮缠的人。可大娘坚持要她学做乡下饭这也太过分了！……当然，奈菲赛没有考虑到母亲的因素，也没有想到

① 美国著名的电影演员。

马立克向她求婚的谣传会与大娘的这种强求有关……

尽管如此，她还是不愿在大娘面前显出发窘的样子，便笑眯眯地对大娘说道：

“大娘，谢谢您！您说对了。可是，您先别给我做那些也许会被我打碎的瓶瓶罐罐。您教我吧……就用嘴说好啦！”

大娘对这种天真幼稚的说法感到可笑。她心里想道：“也许所有念书的人都这样想的，学手艺只要用嘴说说就行了。如果真能这样的话，那么我的手指也不会在泥巴中干裂了！”

她抚摩着做陶器的右手指头，仿佛要证实她的看法是对的。她认为，学习任何一样东西，不能光靠嘴说，而是需要长期的磨炼，肯吃苦，想的和做的要一致，制作者和制品之间要有一种内在的联系……

“用嘴说说就行了！……如果她看到我汗流浃背地做罐子、磨罐子、在罐子上刻花纹，看到我用辛劳和汗水最后换来的结果，她一定会明白：光用嘴说说就可以学到手艺，那是在做梦！”

奈菲赛看到大娘在笑，就问道：

“大娘，您干吗笑呀？！”

“你的话使我感到好笑……你想用嘴说说就学到手艺！”

“是啊，大娘！……书店里出售专门介绍烹调的书，上面对任何一种菜都有详细的说明。可是书里除了‘古斯古斯’[①]烹调法之外，没有其他乡下食物的烹调方法。所以我想请您说给我听，我再把每一种食物的做法写下来。”

“如果我给你讲如何做器皿，你就会做吗？不，我的宝贝！光用嘴说说是不行的！”

“是的。可是，如果我详细记下了每种做法，那么，有朝一日需要我做时，我就会做了。当然，我知道第一次我也许做不好，但是最

① 用磨碎的麦子蒸熟后，加上牛肉、羊肉汤和其他一些佐料制成的饭菜。

终我会成功的。”

大娘喜形于色，她认为奈菲赛还是回心转意了，便说道：

“你也这么认为？还得干才行！”

两人沉默了。哈伊拉在厨房里做午饭的响声传了出来。大娘向奈菲赛问起她的弟弟：

“奈菲赛，我怎么没有看见加迪尔这孩子，他上哪儿去了？”

“和我爸爸一起去赶集了。”

大娘问起弟弟，勾起了奈菲赛的许多联想，这些想法自她从阿尔及尔回家以来一直萦绕在脑海里。她不能像弟弟那样出去，而必须待在家里，好像女人是一种怪物，不应该平等相待，她们出门是丢脸的，笑是丢脸的，在男人面前说话是丢脸的，打扮也是丢脸的，睡懒觉、不做礼拜、不会做些简单的家务事更是丢脸的，丢脸，丢脸，这儿一切都是丢脸！人们评价女人不是根据她的好坏或干活儿如何，而是把人们的随意议论作为准则。

这些想法使她颓然地叹了一口气。尽管她喜欢在大娘面前装成是一个活泼的，只知道生活是美好和纯洁的姑娘，但是她的脸上还是流露出闷闷不乐的表情，这些没有瞒过大娘的眼睛。大娘温存地问道：

“奈菲赛，你怎么啦？好像有什么伤心事。你在父母跟前不幸福吗？”

奈菲赛莞尔一笑，答道：

“大娘，没什么。我真忌妒加迪尔！”

“你忌妒加迪尔？这为什么？”

“因为他能去赶集，想上哪儿就能上哪儿。我呢，从阿尔及尔回家后，就像囚犯一样被关在家里！”

“可是，你是个女人哪，像你这样的年龄还出门的话，不免要被人说三道四的。”

“说三道四？大娘，世道已经变了……男人们因为无知，所以对我们说三道四。而女人们的无知，却使得她们活在世上只知道对父母、丈夫俯首帖耳……”

奈菲赛说这些话的时候，脸部的肌肉一张一弛，这样更增添了她的妩媚和风韵。大娘第一次发现站在她面前的女人是这村子里独一无二的女人，也许能说她是一位饱经风霜的女人，尽管她总是装成一位天真烂漫的姑娘！大娘还发现奈菲赛面孔的每个部位都是那样的俏丽！而在她额上一瞬间呈现出的道道细纹，却又流露出难以用语言形容的痛苦表情；还有在她眉心拧成的一条笔直的立纹，渲染了她说话时理直气壮的表情；那两片薄薄的嘴唇，说话时露出一种迷人的神情；她那诱人的嘴巴，牙齿既不外露，也不稀疏，可以毫不夸张地说，这满口洁白如玉的牙齿，即使将来年纪大了，也不会显得难看的；她那长长的睫毛，使得她的眼神更加深邃、妩媚；还有那两道与众不同的眉毛，这儿没有一个姑娘的眉毛有这么浓！不管怎么说，这张脸蛋儿上最美的还是这两道眉毛。她说话时的手势和讲话配合得多么协调，多么富有感情。啊！那束垂在胸前的浓密的软发微微卷曲，一直垂到光洁漂亮的白皮带处！还有这条印着鲜艳杏花的蓝色绸裙……

“啊！如果我能做出一个在人们面前表现出这位姑娘神态的罐子就好了。那我一定是最幸福的女人了！”大娘想着。

可是，奈菲赛却在想，要是能够的话，她真不愿和这位年逾六旬的大娘再谈这些毫无内容的话了。但是，她感到有一种潜在的力量驱使她继续说下去。于是，她又说道：

“我在这个空空荡荡的村子里，妈妈不让我出门！而在阿尔及尔却能到处走来走去，也没有谁对我非议过。为什么在这儿姑娘出门是丢脸，而在阿尔及尔就不是呢？难道说这儿的人都是穆斯林，而城里的人都是叛教者？难道女人的定义随着地方的不同会发生变化？”

大娘轻轻地拍了一下奈菲赛的肩膀，和蔼地说道：

“奈菲赛，各个地方的风俗习惯不一样！我们这个村子能和阿尔及尔在一切方面都一模一样吗？那儿五光十色、高楼大厦、汽车、花园……我的孩子，这儿呢？这儿只有一些茅屋、群山、白天、黑夜。这儿的男人像野人一样，要是他们看见你，就会死死地盯住你，好像要把你一口吞掉似的。因为他们无论在家中，还是在路上，都从来没有见过像你这样的姑娘。”

奈菲赛默不作声了，她点了点头，表示相信大娘的话。奈菲赛体会到，她是站在这样的一位女人面前：乡下生活并没有妨碍她洞察一些不为人们所注意的现实。

大娘感到自己是第一次看透了这位姑娘。她觉得要让这位姑娘同意嫁给马立克，不是像她想象的那么容易，而将是非常棘手的事情。况且，马立克也是一个非常敏感、绝顶聪明的人……

正在这时，哈伊拉走进来了，她双手端着一个盆子，笑着对大娘说：

“不知道我做的饭合不合您的口味？”

大娘答道：

“如果你做的饭还不合口味，那么还有什么饭能合我的口味呢？”

“今天我做的是死面饼[①]和加酥尔饼[②]。”

她们开始吃饭了。这顿饭味道的确很香美，也很适合这特别炎热的天气。

① 没有发过酵的面粉做成的饼。

② 一种薄面饼，上面放西红柿酱和大葱。

第二章

尽管天气十分炎热，村里却热闹非凡，人们在为举行盛大的纪念活动做准备。不一会儿，他们就要迎接乡长马立克、区党部的负责人和邻村的一些特邀人士。他们是来出席为在民族解放战争期间牺牲的烈士建造的陵墓落成典礼的。

战争前，这个村里有一个人，他在被任命为乡里的文书去中央村长期定居时，捐献了一块土地给村里创办一所学校。这块土地由于用水方便、靠马路、离镇不远，所以在村子里算是块得天独厚的宝地。但是，由于盖学校会影响老百姓的乡间生活和饲养牲口等原因，村民们不同意在这块土地上盖学校。由于僵持不下，最后决定把这块土地作为村里安葬烈士们遗骨的陵墓。

在安葬日之前，不用说，村民们之间又发生了一场激烈的争吵，这场争吵几乎使全村爆发一场内战。起因是：有一位曾经参加过民族解放战争的人，他想把他兄弟的遗骨安葬在烈士陵墓里，而他的兄弟是在革命时期被杀的，他的死与民族解放战争毫无关系。烈士们的遗属都强烈抗议，不让死者的遗骨与为国捐躯的烈士安葬在一起……最后村里的一些头面人物对这场纠纷做了调解，他们认为死者不是叛徒，要是他在革命初期没有被杀死的话，也不排除在以后的战争中牺牲的可能，因为村里有许多人就是在民族解放战争后期牺牲的。这样，一场争论总算平息了。死者的遗骨与烈士们安葬在一起，只是在墓碑上没有刻上他的名字！

这座陵墓的建造曾差点儿使村民们打起来，可是今天它却成了这个村子纪念活动的中心。来宾和负责人到来后，就要举行陵墓落成典礼。可谁也不知道，这座象征着献身精神的为争取自由生活而斗争的陵墓，是否能成为村民们团结一致的起点，使他们懂得自己的处境、自己的生活，并能创造更美好的现实和更舒适的生活。可是，不管人们的看法是否一致，事实是：这个村是一个穷地方，不管各家各户分散居住还是在一起居住，都是一个与世隔绝的孤村。而且，这个村还有一个特点，那就是村里大多数年轻人都在法国谋生，知识分子屈指可数。由于工作关系，这些年轻人不住在村里，只有乡长马立克除外，他还和村民们保持着联系。因为他的工作地点就在中央村，而附近所有的村民为了做生意都得去那儿，还有些行政、司法等事务也都要去中央村办理……这就使他每星期至少有一次能见到绝大多数的村民。不管马立克愿意不愿意，乡长这个职位使他了解这个乡所有村子里发生的一切，尤其是这个他亲眼看见升起第一道霞光的村子里所发生的一切。

现在我们也不再唠唠叨叨地去谈这个村里的事了。因为像所有的邻村一样，这个村里发生的一切事都在咖啡店里流传。

一位前几天刚从法国回来度假的年轻人坐在咖啡店里，他对坐在身旁的一位上了年纪的人说道：

“拉比哈是村里唯一事不关己、高高挂起的人。无论是今天还是其他日子，村里发生的一切都与他不相干！”

正在这时，村子对面的一个小山丘上传来一阵婉转、清脆的笛声，吹笛人是羊倌拉比哈。谁也无法知道，要是没有这位善良的羊倌吹出的笛声，这个荒僻的村庄在来访者眼中会成什么样子！他吹出的笛声是多么悠扬美妙啊！好像是专门为这笼罩在村子里的悲怆而沉寂的气氛辩解似的，也像是在掩饰村中的贫困！这清越、甜润的笛声使村子成了最美妙的文明世界！

“拉比哈对村里的事不闻不问……”有人说。

村里人的生活与他有什么相干呢？他只是赶着羊群在山丘、牧场之间度日而已。

老人在回答那个青年人问题之前沉默了一会儿，然后说道：

“难道你要他离开羊群，到这儿来同这些有活儿不干、整天在咖啡店里瞎混的人为伍吗？”

“可是，今天和其他日子不同啊！村里不是天天都在举行纪念烈士活动的。”青年人说。

老人想了片刻之后答道：

“那谁去替他放羊？难道因为今天是村里的节日，就让羊群把斋[①]？”

“大叔，我不是这个意思。”青年解释说。

老人说：“独立以来，这儿的人对任何工作都不感兴趣了。每个人不管他是不是在革命年代做过工作，都盼望着每月发给他们薪水。我的孩子，如果没有你们在国外干活儿，要是你们不寄钱回来的话，那么，这个地方会走得一家也不剩！这儿的人哪，真如我和你说过的那样，不喜欢干活儿，讨厌土地。谁讨厌土地，就让谁入土好了。”

青年有点儿抱怨地说：“可大叔，在这块土地上什么庄稼也种不好。辛辛苦苦干一年，收成还不够你一个月的开销。”

① 即封斋、斋戒。

老人叹息道："我的孩子，你不了解这儿的土质，也不懂得如何种庄稼……我们这儿的土地不像别处的土地，它不可能一下子把什么都给你。但是懂得精耕细作的人，会从中得到连富饶的米提贾平原[1]也比不上的收获。我们这儿的奶，虽说产量少，但味道是香喷喷的；蜂蜜，有哪一种蜜蜂能酿出像咱们这儿这么好的蜂蜜？这儿的肉，比哪里的都好。还有小麦、蔬菜、鸡蛋，你还要这块土地生产出比这更多的东西吗？的确，这块土地给人们东西时很吝啬，但是它给的都是些好东西。我的孩子，只要是好东西，哪怕是一点儿也就足够了。"

那青年沉默不语了，他和老人想的是风马牛不相及的事——青年人想的是乡下人还不了解的另一种生活，那种生活是建立在车轮和发动机上的，而不是建立在两条腿和斧头上的。他想要征服土地，充分利用土地，让它乖乖地听从人们的使唤并毫无怨言。而老人却像几千年来他的祖辈们那样考虑土地问题。他想的是要保护土地，关心它缺少点儿什么，在干旱和涝灾的日子里如何调理它，在由于连续"怀孕、分娩"而产生劳累时，如何让它休养，恢复元气。他想的是对土地的爱，因为他是热爱土地的。

正当他俩沉思的时候，忽然从咖啡店里传出一位玩牌人的喊声：

"我闻到烤肉香味了！"

另一个的嗓门更响：

"月宫里的烤肉！……给我三张！"

又有一个人说：

"四张！三张王后一张武士。结婚就要布置洞房！"

青年人问老人：

"大叔，你玩牌内行吗？"

"内行，我的孩子。可是我不想玩……"

① 位于阿尔及尔西部，是较为富饶的几个大平原之一。

他沉默了一会儿，又说：

“连玩牌的行话也变了！……我们那时说的行话不是这样的。我们那时叫‘艾勒盖拉特’[①]为‘盖拉特’，叫‘艾索塔’[②]为‘索塔’。而现在都已经变成其他新的词了……我同谁去玩牌呢？”

青年笑道：“毫无疑问，村里今天在为客人们准备烤肉！”

老人道：“烤肉的香味已经传入这些玩牌人的鼻子里了，那还会有错？”

“大叔，我有一句话不懂，玩牌人说的‘结婚就要布置洞房’，这是指什么？”

“‘结婚就要布置洞房’，这句俗话和另一句俗话‘一箭双雕’是一个意思。我看玩牌人说的并不是指他所拿纸牌的张数，因为他已是最后一家了，地上也没有牌了，他拿到的纸牌不是他所说的张数。实际上，他不是在讲玩牌，而是指这几天来在村里流传的谣言。据说，乡长马立克向加迪的女儿奈菲赛求婚，而玩牌人指的是加迪今天为村民们张罗午饭，目的是为了把他的女儿许配给乡长。”

青年笑了。

“你说你不懂现在玩牌人的行话，实际上你还是很精通的呀！”

“你以为我精通？”老人答道，“不！我的孩子，他们之中有一个人说‘月宫里的烤肉’！这是什么意思？我就不知道。行话变了！”

*　　*　　*

今天村里的各家各户都在忙碌着，加迪一家也不例外。许多与他家有来往的亲戚和农民们都在他家进进出出。在陵墓落成典礼结束后，

① 意为耳环。

② 意为皮鞭。

他家将招待村民们和其他所有的来宾吃饭，不管他们是否被邀请。习惯总是习惯，加迪是知道这一点的，他也知道村民们围着他转的真正原因不是别的，而是这顿饭。而他今天的目的远远不是为了得到村民们对他的恭敬，也不是为了陵墓的落成感到高兴，而是为了博得乡长马立克的好感。马立克既是他的冤家，又是他的朋友，而且沉默寡言、脾气暴躁，既温顺又厉害……当然，他俩之间的敌意没有公开化，众人还不知道。每当两人见面时，谁也没有流露出这种敌意，不过，都很尴尬。他俩都很机敏，也都很难斗。可是独立后，加迪却变得温和些了，他的拐弯抹角的方法变成直截了当的了，他更亲近马立克了。他还故意找一些机会来吹捧马立克的功绩，赞扬马立克的斗争历史及其忠于革命、忠于祖国的精神。他总是趁马立克不在场的时候，谈他的品德。他知道人们一定会把所有听到的话传到马立克的耳朵里……总之，他俩之间的敌意不再表现得剑拔弩张、锋芒毕露了，而是处于一种隐蔽、伺机出击的状态了。不过马立克对加迪怀有敌意，这不仅是感情上的问题，还是信任问题。由于长期的革命生涯，他对那些富裕人家，不管他们对他的感情如何，他总是不信任的。而加迪对马立克的敌意却是个人的原因，根子就在于他对自己的过去和将来感到恐惧。从过去来说，他的生活中有一个污点，只有马立克一人知道。对将来而言,他那令人忌妒的家产,如果乡里决定土改,那么肯定不再属于他了。马立克作为一乡之长和一个有文化的革命者，对加迪的过去和现在是绝不会忘怀的。那么，加迪只有去亲近马立克，得到他的帮助才能保住土地。要是他俩之间没有一种可靠的关系，这就不好办了。奈菲赛从阿尔及尔回家后，加迪找到了解决的办法。奈菲赛已成了一个大姑娘了，让她来解决这个问题，正如他当年用大女儿宰莉哈来解决问题一样……“子女能解决问题”，这句话是他在革命年代里有一天对一位做政治工作的负责人说过的。那位负责人当时指责他与法国佬秘密合作，但又缺乏足够的证据，因此在交谈中，故意套加迪的话说道：

“你瞧见了吧，这个星期法国佬把村里大部分的年轻人都杀害了！”

加迪回答说：

“子女能解决问题！”

这句话救了他的一条命。那位负责人以为他对革命是忠心耿耿的，以为加迪这句话的意思是：如果父辈们为了祖国不惜牺牲他们的子女，这就意味着革命必定胜利！

也许加迪的哲学在一定程度上是对的，即使对一些与革命无关的事情也是如此。对于“死”这样一个难题来说，子女可以作为一种解决的办法。但是，他在说这句话的那天，是否真的考虑用这种办法来解决问题，那就难说了。他最近考虑的办法牵涉到一个棘手的问题：那就是他绝不能眼巴巴地看着土地从自己的手中失掉，也绝不能心甘情愿地使名誉扫地。因此他就要寻找一种权宜之计，而这种权宜之计没有什么坏处，但也只是暂时的。他常常牵肠挂肚的就是这事。

但是，离奇的是这权宜之计像一部小说，其中的人物总是以加迪为一方，乡长马立克为另一方，婚事是小说的主题，贯串整个故事的哲学，就是加迪的既得利益。

加迪在革命年代的经历像是一部小说，他本人是小说中的主人公，他的目的是保财保命，在革命者和殖民主义者面前都有一个好名声。

想当年，马立克是一位血气方刚的青年，人们都惧怕他。他是村中第一个拿起武器加入武装队伍的人。他拿起武器既不是被迫，也不是出于无知，而是真正懂得了革命的意义。他知道这场革命的对象是上百年来统治着国土的殖民主义。加迪深知马立克对他的威胁，所以竭力想搞掉他。但是，马立克是一位很有警惕性的革命者，他知道自己应该站在什么立场。有一天，区里的军事、政治负责人决定对一些对革命事业持暧昧态度的居民罚款，其中就有加迪。马立克被委派执行这个决定。

马立克一见到加迪，加迪就对他说：

“五十万对革命来说是一笔数目很小的钱，可是要我来攒可就费劲了！我必须卖掉我的羊才能缴款。尽管我的羊不多，总还算能应付得过去。但我害怕的是，统治当局要是知道了这件事，那么，我羊没有了，人也完蛋了，而革命事业也不能得到好处。”

马立克问道：“那么，如果你所说的‘统治当局’要你交这笔钱，你怎么办呢？难道你也对他们说，我害怕羊没了，我自己也完蛋了，而你们并不能得到任何好处？！”

就在这种尴尬的局面中，加迪的脑海里闪现出一个要与马立克联姻的念头。当时，他的女儿宰莉哈已到了结婚年龄。宰莉哈是一位有着麦褐色皮肤的漂亮姑娘，她像奈菲赛一样还在念书，那时刚好回家度暑假。于是，加迪对马立克说：

“革命主张的都是好事。我把你当作我们的知心人，什么话都对你说了，想来你也不会对我们撒手不管。无论如何，我们现在还是一起回家吃午饭吧，这也不是为难的事……”

马立克起先没有答应，但是加迪竟起誓：你若不去，我要休妻了。马立克只好勉强去了。

走到加迪家门口，马立克又站住了。加迪执意要马立克一起进内室。他说：

“马立克，你又不是外人。我对你和对我的孩子们是一视同仁的。哎呀，我的孩子，你还不知道呢，我和你已故的父亲的交情是多么深啊！”

的确，他和马立克的父亲有很深的交情。但是，革命又使人们建立起一种新的感情，如果马立克的父亲还活着的话，他们之间的交情也许会受到革命的某种冲击，最后分手。

马立克一身戎装，走进内室。哈伊拉恭敬地迎接了他，并向他介绍了女儿宰莉哈。

两位年轻人握了握手。当时，奈菲赛只有十来岁光景，寄养在阿尔及尔的姑妈家。马立克发现宰莉哈很漂亮且性格活泼；而宰莉哈也觉察到马立克是一位年轻有为、聪明能干的人。加迪看到这两位年轻人在交换着爱慕的眼色，他非常得意，知道自己的计谋已成功了一半。

吃完午饭之后，加迪对妻子说。

“马立克奉革命组织之命，要让我们交一笔钱作为资助。无论如何，我们应该帮助他，这是责无旁贷的。可是要交这笔钱，我只能把羊群卖了……你看这件事怎么办？”

哈伊拉老老实实地回答：

“如果你认为我的首饰能抵交这笔钱的话，就把首饰变卖了吧。我们把羊群卖了，就没法活了。”

加迪想让马立克也来谈谈这件事，他要听听他的意见，仿佛马立克就是他家中的一员。可他又觉得这样可能会产生不良的后果。于是决定还是缓一步再说，不要使马立克感到尴尬。他说道：

“无论如何，我要好好考虑这件事。只有靠安拉赐福了。”

加迪和马立克出了家门，他们约好明天再见面。加迪在告别时说：

“也许我能设法借到这笔钱，反正你明天来取就是了。你对任何人不要说这件事，要谨慎一些，殖民主义的耳报神[①]到处都盯着我们。”

马立克对加迪的这种阿谀奉承很反感，可是宰莉哈的眼色、举止没有任何虚伪和矫揉造作之处，而是发自内心的真挚感情，他为此感到高兴。他觉察到，宰莉哈瞧着他的时候含情脉脉。

加迪按时交纳了这笔款子，并向马立克表示乐意为革命效劳。这是他俩以后建立起关系的起点。

从那时起，加迪就在人们中间散布说他的女儿宰莉哈是马立克的

① 指暗中通风报信的人。

未婚妻了。有一天，马立克和他的一些战友到加迪的家里去，这时，他真的向宰莉哈求婚了……

*　　*　　*

当时的战争环境未能允许马立克正式办理结婚手续，他也不能经常和未婚妻联系。但是他们仅有的几次会面，足以保证互相忠于爱情，一年的通信往来也加深了这种爱情。宰莉哈在阿尔及尔继续上学，马立克过着战斗生活，爱情给他们的生活增添了富有诗意的浪漫色彩！自由、祖国、未来，还有这位美貌的未婚妻的爱情，这一切成了马立克的崇高理想！

1957 年夏天，马立克和一些战友来到这个村，执行一项任务。他意外地获悉自己的未婚妻明天从阿尔及尔回来的消息。明天，恰好是他执行任务的规定日子！

不管是命中注定，还是偶然的巧合，或者是主宰人们的无形力量，都有其独特的逻辑，这种逻辑很少能与人们的逻辑相吻合！他们的任务是在一座铁路桥上安放一颗定时炸弹。原来，有一列满载军火与士兵的军用列车要在上午十一点通过此地，而阿尔及尔到君士坦丁的旅客列车，一般是每天午后一点钟经过这儿。马立克和他的战友去执行炸毁军用列车的任务了，爆破地点离村子约十五公里。他们把定时炸弹放在一个非常隐蔽的地方。在十一点还差一刻的时候，他们完成了安放任务，离开了铁路线来到预定的地点，监视爆破情况。十一点钟到了，火车开来了，但不是军用列车，而是满载旅客的客车！列车带着一种愤懑、绝望的嘶叫声，隆隆地紧贴地面急驰而来！定时炸弹在一触即发的状态中默默地等待着，等待着任何一列火车的到来，把它炸得粉身碎骨，变成一堆废铜烂铁！惨案终于发生了。马立克在革命年代所看到的一切惨景与这次目睹的霎时间血肉横飞的惨景相比较，真是小巫见大巫了！从那一天起，马立克嘴边的笑容消失了，他的眼睛永远被抹去了梦幻一般的光彩。

有麦褐色皮肤的姑娘宰莉哈也惨死在其中！

整个革命年代里，这个区从没有发生过如此严重的惨案！这个事件是老百姓和民族解放军生活中的一个转折点，也是占领军进行大屠杀、大扫荡的开端！

加迪知道“敢死队”和他的女婿马立克来过这个村，他想用他特有的方式为女儿以及同她一起遇难的死者报仇。他知道了这件惨案后，马上偷偷地去占领军兵营，告发“敢死队”是这次事件的肇事者，并把他所了解的区里民族解放军调动的情况全告诉了占领军。第二天，许多村子被包围了，本来即将要为烈士陵墓举行落成典礼的村子也成了凝固汽油弹、火箭炮摧毁的目标！灾难惨重，但是有些人还没有从中吸取任何教训，加迪就是这类人。他不仅使本村成为一堆废墟，而且也使邻近的村子遭了难。他与占领军的合作、背叛革命的行为，并没有使他的家免遭飞机毁灭性的轰炸。

惨案发生后，马立克料定殖民主义当局一定会用最残忍的手段报复，但他万万没有料到敌人发泄仇恨的目标竟是这个村，因为没有什么可以使敌人认为这个村比其他村更有罪过。那天早晨，敌机来轰炸时，马立克正在加迪的家中，家里有他的岳母和加迪的十二岁的儿子侯赛因。加迪不在家，因为他老早就去中央村办理运回女儿宰莉哈尸体的后事了。

这一天，似乎成了这个村子的末日……侯赛因被炸死了，加迪的家被炸毁了。为了抢救侯赛因，马立克负了重伤，结果整整医治了半年，其中三个月是在制陶器的拉赫玛大娘家里度过的。

除了马立克之外，谁也没有料到加迪是使这个村遭受破坏的罪魁祸首。而马立克是事后凭着揣测，而不是凭证据了解到事实真相的。

现在加迪防患于未然的手法没有变，同样，这本有关他的小说的故事情节也没有变。尽管时光在流逝，小说中的某些人物发生了变化，但小说阐明的哲学，归根到底还是原封不动地没有变，那就是利己主义的哲学。在遥远的昨天，流传着马立克向宰莉哈求婚的消息，果然马立克向宰莉哈求婚了。由于惨案的发生，这种姻亲关系结束了，同样，联姻的作用也消失了。但是往事却未能抹掉，人们心灵中的痛楚也未能抹掉。而在今天，谣传又不胫而走，传来传去，经过一番添枝加叶之后，一切含糊不清的细节都没有了，成了有鼻子有眼的真事。马立克真的向奈菲赛求婚了吗？这会不会又是加迪在散布流言，以此打动马立克的心，催促他提出这个想法呢？

不管怎么说，反正加迪今天很高兴，他殷勤地招待宾客和所有的村民。他的高兴不仅流露在脸上，而且一直挂在嘴边。当他的一位朋友对这顿宴席破费不少而向他表示歉意时，他却回答说：

“还有什么比纪念烈士的活动更重要？金钱对那些自我牺牲的人来说又算得了什么？兄弟，今天的活动是千载难逢的呀。如果今天要我将所有的羊都宰了，我也心甘情愿。这些羊难道不就是为了宰杀才养的吗？”

他一边说着这番话，一边瞅着那些准备烤制的羊。奈菲赛也喜气洋洋，显得很高兴，因为今天家里允许她自由活动了，这是从来未曾有过的。忽然，有一位村民在远处喊道：

“加迪先生！加迪先生！他们来了。”

加迪飞快地朝离家有几百米远的村子奔去，迎接宾客和人们。

在隆重的烈士陵墓落成典礼上，人们讲了许多赞颂、悼念烈士的话。仪式结束后，马立克到墓地走了一遭，竖在坟墓前的清一色的纪念碑使坟地笼罩上了肃穆的气氛。突然，他在一块墓碑前停住了脚步，上面写着“1957 年列车事件的牺牲者——加迪之女宰莉哈烈士之墓”。

顿时，他仿佛感到有一只无形的手将一把碎玻璃塞进他的心窝。那次火车爆炸留在他记忆中的痛苦情景，又一次浮现了，而且是那样迅速地浮现在他眼前！眼前的这块墓碑上仿佛描绘了那次惨景！他还记得，宰莉哈有一天对他说的一句话："人们大多在歌舞升平的环境中结婚，而我们却在战火纷飞的年代结婚。唉，等待我们的不知是什么样的命运！"此时此刻，马立克的心在悲痛地哭泣。他站在墓前，眼睛茫然无神，宛如不透明的黑玻璃。在出席这次仪式的人们中有一位中央村中学的教师，他和马立克是挚友，当他发现马立克在这座墓前停步不前时，便追了上来，他奚落道：

"让死神去为这些牺牲者哭泣吧。活着的人比死去的人更需要你啊！"

马立克一言不发，和朋友一起穿过坟地，回去了。这块坟地埋藏着人们深深怀念的往事。

* * *

大伙吃完了饭，一位背诵《古兰经》的人对身旁的来宾说："你们吃饱了，就散吧。"

"伟大的安拉说得对！"在他身旁的一个人答道。

忽然，对面一个倚在靠垫上的人挺直了身子，对另一个人喊道：

"艾哈迈德大叔，像今天这样的排场，我们还有什么可说的呢？"

被叫作艾哈迈德的人，原来就是刚才和那个从法国回来的青年工人坐在咖啡店门前的老人，他答道：

"我的孩子，我也不知道该怎么说了。世道变了，连标准也变了！"

这个人又说："你是不是要让我说话？我们有一句俗话说'肚子塞饱了，就会对脑袋说：给我唱吧！'"

大部分在座的人都赞同他的话。这时，有一人拿出了笛子，另一位鼓手拿起了鼓，吹打起来。顿时，沉闷的气氛变得喧闹了。鼓声、笛声交织在一起，同时也混杂了人们跳舞时发出的踢踏声和击掌声。有人受不了这种喧闹，就到庭院里去了，庭院里绿树成荫，空气凉爽宜人。

马立克和他的中学教师朋友坐在一棵柳树前，这位教师最讨厌笛子的声音。他说道："这笛声真像是驴叫！这些人的脑袋就像青蛙脑袋。他们不去干自己的活儿，让别人休息一会儿，反而发出这种叽里呱啦的吵闹声，搅得这儿乱哄哄的！"

马立克没有搭腔，他满面愁云。教师问道："你怎么啦？是不是那座坟墓使你受了刺激！"

马立克望着教师直发愣，他找不到合适的语言来表达内心的感受。教师又戏谑道：

"那些死人已成了故人！可恶的是那些吹笛击鼓的活死人，他们使整个房子充满了哭丧声。"

"我看你对这种音乐不感兴趣！"马立克淡淡地回答说。

教师恼怒了："你把这种吼叫声也称作音乐？"

马立克心平气和地答道："我的朋友，它在懂行的人听来就是音乐啊！"

教师轻蔑地说："公驴的叫声，母驴听起来就像是歌曲！"

马立克沉默了片刻，说："你尽发些无名火！"

教师反唇相讥："为什么我开玩笑你总不高兴，反而喜欢一本正经？"

马立克仍然心平气和地说："你的一本正经能使人高兴，胜过你的所谓玩笑。"

正在这时，加迪笑着向他俩迎面走来。马立克还没来得及琢磨加迪微笑的背后是什么，他就开口了：

"马立克先生，我想跟你谈谈！"

说着又转过脸去，对教师说："塔希尔先生，可以吗？时间不会太久……"

"请，请便。"教师答道。

马立克一听到"时间不会太久"这话，就知道加迪不是想跟他谈什么问题，而是另有意图：他想恢复他们之间的关系！马立克站着犹豫了一会儿，该不该跟他谈呢？最后，他还是陪着加迪走了。因为他既不想对这次邀请给予更多的重视，也不想使这个人为难。这样教师就不至于对这次不合时宜的谈话产生好奇心了。当他们离开教师好几步远的时候，加迪说道：

"老太婆想见见你。"

马立克一声不吭，他不愿意去见他过去的岳母，他和她之间的一切往来早就中断了。

可是，使马立克感到意外的并不仅仅与岳母见面，还有这次见面的地点以及与岳母在一起的那些人……

* * *

加迪家里的客厅里挤满了与加迪沾亲带故的妇女和孩子。马立克这时被带到了奈菲赛的房间。等待着他的是三个女人：哈伊拉、拉赫玛大娘和奈菲赛。

马立克泰然自若地走进房间。但是，当他的眼光一落在奈菲赛身上时，仿佛心灵突然被打开了。他产生了幻觉：她就是宰莉哈！刚才在烈士陵墓落成典礼上，他还在宰莉哈的墓前停留过，而现在，她竟活灵活现地站在他面前！他面对着三个女人愕然无语。

惊愕只是短暂的一瞬间，但这对马立克来说，却是无法用时间来衡量的心理上波动的一刹那。在这一刹那里，被忘却了的过去的帷幕开启了，往事像光束那样闪烁着出现，清晰地映在他眼前，好像是刚才那一瞬间发生的，印在他心坎上似的！难道偶然的巧合竟会如此地嘲弄人们？难道那些自命不凡、自以为是、镇定自若、坚不可摧的人们，在这种时候却是那样软弱无能、不攻自破？难道年华也会戏弄人们，使所有的神机妙算一瞬间变成荒唐可笑的东西？或者说，不管事物名目如何繁多，无论怎么变化，最后都是差不离的？

忐忑不安的思潮在马立克的脑海里此起彼伏。这一切，归根结底是他心爱的姑娘引起的，这个姑娘几年前已经死了，现在却突然活生生地站在面前！

马立克的惊愕没能瞒过加迪，加迪对妻子说："啊，你经常问起的马立克先生来了，好像是我不让他到咱们家来玩似的！"

哈伊拉亲吻了马立克，眼泪簌簌地流了下来。她埋怨地说："我绝没有想到你会如此记仇！"

马立克怜恤地抚摩着她的肩膀，仍然一言不发。然后他吻了一下拉赫玛大娘，向她问候说："大娘好吗？陶器做得如何？"

大娘答道："我现在已像一台散了架的破机器！"

他又转向奈菲赛，哈伊拉抢先说道："她是我的小女儿奈菲赛，在阿尔及尔念书。"她转而吩咐奈菲赛，"跟马立克先生握握手，他是宰莉哈的未婚夫，你不记得了？"

奈菲赛听了很不好意思，顿时涨红了脸，羞怯地向他伸出了手。两人握了握手，马立克还向她点点头，以示问候。加迪对妻子的话很不满意，"他是宰莉哈的未婚夫，你不记得了？"这是什么话？这能起怎样的效果？他忙把话题岔开，说道：

"有世界以来，就有了生，有了死。如果人们一心只牵挂着已故的亲人，那么，生命也就停止了。"

拉赫玛大娘表示赞同："我的孩子，这就说对了。死只有一次，活着的人，来日方长哪！”

听了大娘的话，加迪心里乐滋滋的。他对大娘说：“安拉保佑您，您总是当我们的靠山和劝告者！”

他说着便转向马立克，请他坐下，然后又请拉赫玛大娘坐下。马立克坐在一条木凳上，拉赫玛大娘和哈伊拉席地而坐，加迪坐在床上，奈菲赛羞答答、忸怩不安地站在一边。父亲看到女儿腼腆的样子，说道：

“你干吗站着？来，坐在这儿。”他指了指他对面的地方，奈菲赛遵命坐下了。所有在座的人都感到有点儿尴尬，但是又找不到能打开这僵局的话题。加迪对妻子说：

“我们干吗不喝点儿咖啡呢？”

哈伊拉抱歉地站起身来，说：“唉，我真糊涂！我们怎么能不喝咖啡呢？”

她出去煮咖啡了，留下的人又陷入了沉默之中。大娘不喜欢这种冷场，便说：

“大家说笑吧，说说话能使气氛轻松些，消除一些人为的隔阂。”

加迪赶忙答道：“说得对，美言恰如香树！”

奈菲赛的眼光不时地瞅着马立克。马立克则眼睛朝下，竭力不看奈菲赛。他虽然感到奈菲赛在场是多余的，但又觉得她在场有一种无法琢磨的莫名其妙的乐趣。她像宰莉哈，简直惟妙惟肖，不，两人长得一模一样……他心中琢磨着：“如果时代像一部电影，日子像一组组镜头，那么，影片重新加以剪辑后，就会变成这样；桥上的定时炸弹被排除了，火车没有出轨，村子没有被炸弹炸毁，从那以后到进入这间屋子的岁月都一刹那流逝了。那么，现在站在我面前的一定是宰莉哈，而不是奈菲赛！而我就是宰莉哈的未婚夫，并且仍然是一位军人，听说她回来了，我是来看望她的……电影的蒙太奇足以使幻觉变成现实！但是现实终究不是电影，它是现实！那么，我为什么要看着她呢？

她对我来说既不是幻觉，也不是现实，而比幻觉更离奇，比现实更荒唐。她勾起了我心中的痛楚，这种痛楚本应让它一直埋在心底的。我为什么要瞧着她呢？她并非是宰莉哈，我也不是当初的年轻军人……我用什么眼光来看待过去？难道我的眼睛还能像从前那样真诚地正视过去吗？不！……即使我的眼睛能看到过去的烟尘，也绝不能看到烟尘中赤诚的心了。因为过去的岁月已笼罩上一层厚厚的雾，过去天际是那么的遥远。我为什么还要看着她呢？她是一位姑娘，我是……我怎么啦？我是谁？”

我，我是乡长，曾主持了烈士陵墓的落成典礼，而不是工厂的开工典礼！这就是真正的我！

“马立克，你不认识奈菲赛了啦？”大娘的话使马立克从沉思中惊醒过来。“你看到了吗？马立克，她长得很像宰莉哈，姐妹俩像两滴水珠！”

加迪连忙赞同道：“是呀，我也错把她当成宰莉哈了！尤其是我们不经常见面突然看到她的时候。”

奈菲赛对这种场面感到郁郁不乐，她在这儿听到的尽是些对她评头品足的话。她不愿意别人把自己和另外的人相比，好像她就没有自己的特点似的。但是她能做些什么或者说些什么呢？从风俗习惯上来说，一位姑娘当父亲在场时，是不能说话的。至于马立克，对她来说也算不了什么，只不过曾经是她姐姐的未婚夫罢了。是的，她曾不时地瞅过他，但也只是出自好奇心，并没有别的意思。她在他的脸上没有发现有值得她多看一眼的地方，她也不认得他了，对他一点儿都不了解。

大娘看到马立克呆若木鸡，默不作声，也不看任何人，便说：

“人哪，应该经常用发展的眼光来看待生活，而不能用老眼光。”

“是啊，”加迪附和着说，“人嘛，尽管年龄在不断增长，但总觉得整个过去好像只是一夜工夫，然而生活却依旧是一天一天地在过着。”

“但并不是人人如此……”马立克插嘴说道。

“应该人人如此，要不然……”大娘说到这里沉默了片刻，心酸地接着说，“要不然，什么叫生活呢？我所等待着的明天，还是像今天一样得东奔西跑。在我挖土的时候，我不是考虑最近的明天，而是想到遥远的将来，遥远的……因为土要烘干、研碎、润湿、制坯、再磨光，数天后阴干了，还要绘画、上釉修饰——然后再放入炉内……但愿工作到此结束！可是有时候炉子里烧出来的陶器，它的颜色和形状不符合我的要求，我只好重做。就这样，我长年累月地反复折腾，并以此为乐。因为我心里想着，总有一天，我会精通这一行的，我会找到一幅理想的图案的。”

大娘的这番话不仅使房间里的气氛活跃了，而且也引起了在场人的惊讶，同时在人们的心中燃起了希望。

这时候，哈伊拉双手端着咖啡走进来了。她表示歉意地说：“怠慢你们了！”

大娘笑着回答：“没关系，我们又不是准备出门去！”

哈伊拉显得兴高采烈。她说：“今天，我真是说不出有多高兴。我总觉得过去的苦日子只是一场噩梦！大娘，您瞧，谁知道，我还能见到马立克！”

马立克善意地看了看哈伊拉，因为他了解这个女人，她从不会撒谎骗人，也不会弄虚作假，平时要么不说话，要说就是老实话。此时，马立克说不出什么高兴的话。他就是这样一个人。在这种时候，宁肯保持沉默，也不愿意立即说出他尚未考虑周全的话来。

奈菲赛觉察到马立克的神色与刚来时相比有些变化。他脸上流露出愉快、坦然的神色。奈菲赛感到惊奇，一个男人保持沉默竟能到如此地步，竟能使别人不感到难堪，也不引起人们的抱怨！她计算了一下，他从进一门以来，没有正正经经地说过一句话。但是却没有什么架子，他的敏锐的眼光证明了他并不呆傻。

喝完了咖啡，马立克就起身告辞了。他吻别了大娘和哈伊拉，热情地与奈菲赛握握手。他的热情以及彬彬有礼博得了奈菲赛的好感。

哈伊拉对马立克说："马立克，早一点儿回这儿来吧！"

马立克轻轻地打了一个手势，以示让她放心，便和加迪走出去了。他们刚跨出院子大门，加迪就问他：

"马立克先生，为什么今天不在我们家过夜？"

马立克抱歉地说："谢谢，我不行……我该回中央村了，因为我还有好多事情要处理，还有一些早就定下来的会议。"

这时，已是下午五点左右。马立克去向本村以及邻村的村民们告别，他们中许多人仍在那里等他。告别之后，便动身回中央村了，和他一起同行的还有教师塔希尔先生，区党部负责人和一些随同来的名流。

*　*　*

这个村与中央村相距不到十五公里。如果乘汽车的话，要四十多分钟。实际上，由于路面坎坷不平，汽车也很难行驶。这条路是在革命战争年代，占领军为了便于去乡村进行大规模的"清剿"行动而匆匆忙忙修建的。随着岁月的流逝，坦克、军车把这条路碾成了汽车路。老百姓不经常走这条路，因为他们的运输工具只是一些骡、驴，或者靠两条腿徒步而行。他们去中央村，常常抄近道走，只有十公里左右的路程。中央村与其他村不同：首先它是全区的行政、司法、贸易中心；其次它是阿尔及尔和君士坦丁间的交通枢纽，而且又是铁路线的必经之地，因此就显得比其他各村重要，所以被称为中央村。

已是下午六点钟了，天不算太黑，北风刮起来了，气候变得非常凉爽。

马立克和教师塔希尔先生坐在乡公所前。他俩从不讲究客套，谈话无拘无束。友谊把两人紧紧地连在一起，尽管他们在大部分事情上很少有过一致的看法。

教师问马立克："你见到她了？"

"谁？"马立克微笑着问。

"谁？村里的黄花闺女！"

马立克似乎不明白朋友说这话的意思，诧异地问道："村里的黄花闺女？我还以为你在胡诌什么诗呢！……"

"我们不谈诗。"教师紧追不放，"你到底见她没有？"

"可是，你指的究竟是谁呀？"

"你就要向她求婚的那位姑娘，尽管你现在还未向她提出。"

"我向她求婚？毫无疑问，你是在做梦。"

塔希尔仍然追着问："你说，你见到她了没有？"

"见到了。"

"她长得漂亮吗？"

"漂亮。"

"是城里姑娘的那种漂亮呢，还是农村姑娘的那种漂亮？"

"天仙般的漂亮！"

"身材苗条，难道不是这样的吗？"

马立克死死地盯着他，试图了解他开玩笑的真正意图。可是教师又对马立克说道：

"你爱她吗？"

马立克觉得奇怪了，就说："大概今天你喝奶喝醉了吧！"

教师仿佛什么也没有听见似的，接着又问："你的那位姑娘阿拉伯语讲得好吗？"

马立克笑了笑说："我没有和她说过话。"

“她呢，难道她也没有说过话？”

“也没有说过话。”

塔希尔吟了一首诗：

我们虽是沉默，
眼神却无屏障；
双眸传递的爱呵，
胜似倾吐衷肠。

“是不是这样子？”

马立克惊愕了。他过去和朋友相处，从来没有过这种情景。他是开玩笑呢，还是有什么刺痛了他的心？

教师心里也在琢磨着：

“怪哉……我想的是一码事，而说的却是另一码事，真弄不清我的心和口怎么啦？这一定是一种肉眼看不见的细胞在作祟，它使每一种感官无法和其他的感官协调一致。”

两人一阵缄默。马立克说：

“如果我们上古维德尔的咖啡店喝杯咖啡，你看是否会对神经有些好处？”

“我不喝咖啡。”教师回答。

“那你喝点儿别的什么吧。”

“这儿没有。”

马立克知道教师从不喝酒。但他想跟他开个玩笑，便说：

“难道你要我们一起去布尔杰[①]？”

“为什么？”

① 酒店名字。

“上那儿去喝这里没有的东西！”

教师冷嘲热讽地答道：

“教育预算还没有把对教师的这种‘训练’费计算在内呢。”

“你现在还需要训练？”

“你以为我同你一样，什么都会吗？”

“你过奖了。”

教师沉默了，他的眼神似乎蒙上了一层悲怆的薄雾。马立克猜想他有件说不出口的心事，也许与姑娘有关。他并不为教师担忧，却想用突然袭击的办法直截了当地挑明问题，便问道：

“你为什么不结婚？”

教师回过头来凝视着马立克，眼角的鱼尾纹微微地抖动，似乎对这个突如其来的问题有些震惊，对问话的动机存有戒心，他说道：

“你，仅仅是问问而已，还是忠告？”

“我打听打听。”

“你物色到能使教师中意的新娘了吗？”

“没有比这更为容易的事了。”

“那你看她是谁呢？”

“我不知道，可是……”

“可是什么？”

“问题就在你身上了。比如，刚才你向我打听的那位姑娘，你看她合适吗？”

塔希尔默不作声，他用一根小棍在地上划了许多横道。马立克接着说道：

“她有文化，这就很有福气。她的父亲又是本地的名流。你呢，这儿的人都记着你的美德。”

教师抬起了头，凝视着马立克的脸。“这是礼物呢，还是牺牲品？”

他嘲弄着说。

“我不明白你说的话。”

教师站起身来，伸出手与马立克握手告别。“给你一整夜的时间来琢磨琢磨我说的话吧。”他停了一下，接着又说，“语言的限度，好似俯视无边的天涯的窗户。”

马立克笑了笑，戏谑道：“说不定明天我还会听到你的一首诗。我对此坚信不疑。”

“想要标句点的人，他是不会考虑句子完了没有的。”教师说。

“也许他是在考虑重新开头！”马立克回答道。

* * *

塔希尔加入民族解放军的时候，头脑里没有一个明确的远大的奋斗目标。当时他是乡村里一个不满二十五岁的教师。自由在他看来是美丽的憧憬，而美丽的憧憬不能靠武器来实现，要经过对人心灵的陶冶，对道德、文化的教育，自由的社会才能实现。

这不是他一个人的想法，在教育界的同行中有这种想法的人很多。塔希尔从来没有问过自己，如何使这空想成为现实？因为他总觉得只有一条道路，那就是教育。这种观点是他从他的老师——突尼斯梓橄清真寺[①]长老那儿接受来的。还有，许多阿拉伯国家出版的一些被称为“复兴时代的先驱”的名作家的著作中，也是这样教导的。这些作家都是些为社会歌功颂德的文学界的先驱。

塔希尔跟他的一些同事、长老一样，认为阿拉伯文是世界上最丰富的语言，阿拉伯人是人类中最勇敢、慷慨、聪明、纯洁、高贵的人，他们具有高尚的情操和品德。

① 北非有名的古老清真寺，阿拉伯许多著名的伊斯兰教学者曾在该清真寺学习过。

塔希尔除了懂阿拉伯文外，其他语言文字一窍不通。而与他有同样看法的人也都只懂阿拉伯文，他们的长老也只懂阿拉伯文。也许，这些人除了知道一些阿拉伯国家的情况外，其他国家的事就一概不了解!

但是，有一些塔希尔当学生和当老师的时候都没有想过的重要的问题：教育是不是通向自由的道路？怎样进行教育？该进行哪一种教育？

塔希尔无论在求学期间，还是在后来教学期间，都是一位举止文雅、脾气温顺随和的人。他非常满意自己在学校里的工作，他每月的薪金是一万法郎，而村里的老百姓没有一人是拿工资的。塔希尔的父亲有一块地和一些羊，这些足以维持他们在农村的简朴生活。村里的老百姓除了几位能背诵《古兰经》，其余都是穷人、文盲。在这个原始、闭塞的环境中，塔希尔成了被人羡慕和忌妒的目标。可是，在他父母亲和他的亲戚眼里，他是一位众望所归的人物，也是他们引以为自豪的资本。他的父亲在与人谈话时，总是有意或无意地说："有出息的孩子就如良田一样，即使不让你赚很多，也不会使你赔本。"

要是提到教育儿子的事，他父亲便会说：

"我家那块地原是一块荒地，我的父亲一个人是无法改良它的。我那时候是一个孩子，父亲就带着我一起干活儿：晌午了，他干得很累，就站在小土丘上默默地望着对面的那块他已经开始耕耘的土地，说：'啊，我的主，倘若我有很多锄头，我就能种小麦！'他又转身对我说：'锄头，我的孩子！锄头……它是饥饿之敌……'"

"我喜欢土地、小土丘。当我长得身强力壮的时候，荒地开垦好了，变成了良田。那些地再也没有不能播种的地方了。我那时身体非常结实，面包吃得很多，干了一会儿活儿，就觉得自己好像没吃什么东西似的……我的儿子塔希尔却很瘦弱，不宜种地，所以我就把他送到学校里去了……我不能一辈子养着他……"

至于塔希尔的母亲，却是这样说她儿子的：

“塔希尔像他的舅舅，他的脑子很聪明，听过什么就能记住，所以他考试总是成功的。”

* * *

晚上十点钟左右，塔希尔教师坐在床上，两手抱着头，眼睛盯着地上。乱七八糟的想法使他眼睛下的这块地变成了一本语言晦涩难懂的巨著。他仿佛要从这巨著的篇页中寻找他的过去、现在和将来，但是这些篇页只不过是地上的一块块石头而已。突然，他从朦胧的遐想中清醒过来了。

“我在人们中发现自己是一个多么糊涂的人啊！”他喃喃自语着，“我要奚落马立克，反倒被他奚落了一番，而我却没有觉察出来。这难道不愚蠢吗？我向一位男人打听一位姑娘，而他却是已经或者将要跟这位姑娘订婚的人，我还问他这位姑娘怎么样。这难道不荒唐吗？我爱一位从未见过面的姑娘，姑娘也不认得我。我爱她，只是在传说中知道一些关于她的情况，或者说是凭着她弟弟的容貌而猜测出她的形象罢了。谁知道，也许我会爱上所有那些有弟弟在学校里念书的农村姑娘。我是一个多么没出息的人啊！结婚？我生活在这屋子里想结婚，这不是在发疯吗？也许我会得到一间屋子，学校的屋子。我是多么可怜，多么愚蠢哪！连住的地方也没有，还想结婚……啊，在又窄又小的屋子里过小夫妻生活该有多么幸福！天气越来越热，我连觉也没法睡，不用说，南风快刮起来了……”

确实，南风开始向这座沉睡的村庄袭来，傍晚的凉爽已经消失了。塔希尔站起身来，把所有的衣服都脱光，穿上一件夏天穿的薄薄的大袍子，然后躺在床上。他从搁在床头柜上许多本小说中拿起一本纳吉布·马哈福兹[①]写的小说，翻了几页，把它放在胸上。又伸手去拿另一本塔哈·侯赛因[②]的小说《大地上的受难者》。他只读了一下书名，就把书放在一边了。

“要说大地上的受难者，我就是其中的一员。我的生活比埃及农民的生活更凄凉……”

他又拿起了一本优素福·西巴伊[③]写的小说《空枕头》。他双手捧着书，既不看，也不翻开。一会儿，就把书放在《大地上的受难者》上面。他从床上站起来，朝书柜走去，打开柜子，取出一叠书重新回到床上。这些书是翻译成阿拉伯文的外国小说。他拿起高尔基写的《母亲》……实际上，他不打算看小说，因为他拿到床上的这一堆书，几个晚上都看不完。这次他没有像摆弄《空枕头》那样摆弄《母亲》这本书，仿佛《母亲》当中的主人公所处冷酷的生活环境，使他忘怀了将会刮南风的炙热的天气。

* * *

在夏季，这种乡下人称为“吉卜利”的南风一旦刮起，中央村将给人们展现出一番令人心碎、惨不忍睹的情景。那情景仿佛是摄影师摄下的经过战祸或自然灾害洗劫的村庄的情景。那时候，如果在直升飞机上往下看的话，这个村庄好像是弯弯曲曲的河谷，河水断流，尘土飞扬，烈日炎炎！

在这个倒霉的天气里，塔希尔在那条把村子一分为二的唯一的大路上，无精打采、孤孤单单地朝着咖啡店走去。说实在的，他不知道

① 纳吉布·马哈福兹（1912—2006），埃及小说家，1988年被授予诺贝尔文学奖。
② 塔哈·侯赛因（1889—1973），埃及作家，文艺批评家、学者。
③ 优素福·西巴伊（1917—1978），埃及文学家。

是他的两只脚在挪动呢，还是风在推着他向前走。

咖啡店里有一条木制的长凳，还有许多芦苇席子铺在地上。一群玩牌的人围坐在“多米诺”骨牌桌旁；另一伙人在咖啡店的角落里，围着一个颜色稍黑一些的硬纸板箱坐着，箱子上放着纸牌。紧靠着墙壁的长板凳却空着。咖啡店老板哈吉·古维德尔大叔在炉灶前左手托着一套小咖啡壶，动作怪模怪样的，右手拿着一把小勺，往古色古香的土耳其式咖啡壶里放奶和糖。

顾客要喝的咖啡有三种：第一种叫“莫兹”，里面只搁一点点糖，第二种叫“盖德盖德”，糖、咖啡各放一半；第三种是甜咖啡。古维德尔大叔现在做的是第一种咖啡，放两勺咖啡、半勺糖；做第二种咖啡时，得放两勺咖啡、两勺糖；做第三种咖啡时，要放一勺咖啡、三勺糖。他从一个长方形的小柜子里取出咖啡和糖。这个柜子有两个抽屉，一个抽屉里放着咖啡，另一个抽屉里放着糖。这个小柜子由于用的时间太久，再加上存放咖啡和烟熏，已变成古铜色的了。古维德尔大叔和顾客之间隔着一个黑色的大柜台，柜台上面放着高脚杯、咖啡杯、锡杯和两只大水桶，水桶里面的水是洗杯子的，已经发黑了。

古维德尔大叔的为人处世方式提高了他的声望，他煮咖啡的特有方式使他得了“卖咖啡长老”的美名，还有他饶有风趣的言语使人认为他是能言善辩的人士。无论是在人们恭维他的时候，还是在人们喝到他煮的香喷喷的咖啡高兴的时候，他都坚持做礼拜。因为咖啡这东西正如这个区的老百姓所说的那样，是圣洁的东西。

古维德尔大叔还有一个特点，就是爱玩牌。他自认为是最高明的玩牌手。当然，他是不经常玩牌的。可是他一玩起牌来，要么输得精光，要么赢个痛快。只要他一玩牌，不管是赢还是输，喝咖啡就不要钱了。

古维德尔大叔的生活还有一个特点，就是不管季节如何，生活一直很有规律，总是清晨四点开始干活儿，晚上十点结束！

苍蝇、炎热、狂风、玩牌人发出的嘈杂声、古维德尔大叔唠唠叨叨和马立克的谈话，这一切都萦绕在塔希尔的脑际。

塔希尔独自坐在木凳上，古维德尔大叔给他端来了咖啡。塔希尔刚把咖啡杯凑近嘴边，三只苍蝇就掉进了杯里，他马上把杯子搁在一边。

顿时，塔希尔的脑海里呈现出一幅离奇的图画……在他的幻觉中，自己成了一支烟，咖啡店里的其他人都成了烟蒂，咖啡店的客堂成了一个泥做的大烟囱，在炉灶前的古维德尔大叔成了一只大烟斗，趾高气扬地喷着烟雾！

塔希尔来咖啡店，不是为了喝咖啡，也不是为了和咖啡店里的顾客一起聊天，他对那些人的聊天非常反感和厌恶。但他还是想在这儿听听他住的那个村或邻村中近来出现的逸事趣闻。这个区里的新闻在咖啡店里是不胫而走的。毫无疑问，乡长将向加迪的女儿求婚一事，会引起所有人的好奇，塔希尔也不知不觉地关注起来了……

塔希尔耷拉着脑袋、满面愁容。古维德尔大叔看到他愁眉不展，又觉察到他讨厌那些把咖啡弄脏的苍蝇，于是重新煮了一杯给他端来。古维德尔大叔心平气和而又郑重其事地劝说道：

“乘趁热喝吧，苍蝇只是在咖啡凉的时候才飞进去的。”

“谢谢你，古维德尔大叔。说实在的，今天早晨我已喝了不少了。”

古维德尔大叔笑了笑，他心里有些纳闷，这个年轻人大清早就喝了不少咖啡，不知道他喝的哪一种？古维德尔大叔年轻的时候，很少有人喝咖啡。那时候，人们只有在一些特别场合才喝。当年，他绝不把两种咖啡接连卖给一位顾客，哪怕顾客愿意出钱也不行。他认为顾客买两种咖啡，要么是他的咖啡不好喝，要么是顾客对咖啡品尝不出好坏。他永远不相信他自鸣得意的手艺会出什么纰漏，因为他坚信这儿没有人能像他那样煮出这么好的咖啡！

古维德尔大叔坐到塔希尔的身旁，温和而自信地跟他攀谈起来：

“今天的风把所有的苍蝇都招来了……不过苍蝇总比蚊子好。”

塔希尔愤愤不平地答道：“苍蝇、蚊子都是坏东西。乡公所什么事也不干，既不消灭苍蝇，也不消灭蚊子。”

古维德尔大叔对这个年轻知识分子的想法感到好笑。他问道：“难道让乡公所去消灭苍蝇？”

塔希尔挖苦地说：“苍蝇不是从天上掉下来的，而是在村子里堆满垃圾的地上生出来的。乡公所有责任管理清洁卫生。”

古维德尔大叔心平气和地用带点儿讥讽的口吻，笑着说：

“清洁需要水。我的孩子，这儿的水连喝都不够呢。”

塔希尔转过身去，面对着古维德尔大叔，想叫他明白乡公所的职责，可是却发现大叔在用眼睛打量着自己，他的神态中显露出等待自己对乡公所评价的样子。同时，他还发觉古维德尔大叔神秘的微笑，这微笑与其说是表示客气，毋宁说是表示一种既是讥讽又是怜恤的感情。塔希尔说道：

“我也知道这儿的水很少。不过，这是谁的责任呢？难道不是乡公所的责任吗？如果乡公所考虑给村里引水，组织分配用水，我们就不会陷于尘土的重重包围之中，我们现在好像是生活在大沙漠里！……”

古维德尔大叔对这种不触及事物本质的肤浅的看法感到可笑，他说：

“如果要组织分配用水，那就是说人们又得准备交付一笔新款了……可是，他们连面包钱都付不起。我的孩子，大伙儿太穷了。”

“这个我知道，但是这种贫穷究竟是谁的责任呢，是老百姓呢，还是乡公所？”

古维德尔大叔诧异地摇了摇头，用训斥的口吻说：“据我们所知，自从有世界以来，贫穷的责任只能由穷人来担当！”

塔希尔否认道：“不！贫穷不应该由穷人自己负责，应该主要由这个社会制度负责，在这儿应该由乡公所负责。”

古维德尔大叔听到这种奇谈怪论，不禁大吃一惊。他自忖道：“这些会看报纸的人，是很少不犯错误的，人们的贫富跟乡公所有何相干呢？”不过，他倒想听听塔希尔的见解，便说：

“这是我第一次听到的新鲜话。你倒给我说说清楚，乡公所怎样对我们的贫富负责呢？”

“事情很简单，如果乡公所考虑造一些小工厂，盖一座人民文化教育馆，把这个村与邻村的道路铺好，把堵塞的下水道疏通一下……如果乡公所考虑所有这一切，那么，就不会有贫穷、愚昧，也不会有苍蝇了。可是，乡公所没有这样考虑。就像现在这样，以后也绝不会去考虑的。因为这些事需要乡公所不断花费力气才能办到，而乡公所的人却贪图安逸、舒适……你明白了吗？”

古维德尔大叔既惊讶又好笑，他讥笑道：“乡公所如果要做你所讲的一切，那就应该成为一个乡政府，拥有一个神奇的财库。我的孩子，现在乡公所干不了这些事啊。”

塔希尔觉得自己对乡公所的评价是有道理的。但是他不想跟这种人谈论这些事。这种人眼睛老是死盯着过去，如果说是向前看的话，也只是把将来作为结局。他的本意是想借乡公所这个话题，来引出他所关心的有关马立克是否与那位天仙般的姑娘结婚的问题。他叹息道：

“乡公所拥有的宝库是取之不竭的，如果它知道怎样花费的话。这些挤在咖啡店里混日子的身强力壮的劳动力是全乡真正的财富。可是，如同我刚才说的那样，乡公所没有考虑这个问题。乡长考虑的是结婚！”

古维德尔大叔说道：“我的孩子，乡长结婚不结婚，离婚不离婚，我且不去管它……要是你让我坦率地说出我的意见，那么，我就说，咱们这儿的人只有品头论足、发牢骚的能耐，没有干活儿、沉默的本事。”

塔希尔反驳他的诬蔑，尖刻地说道："不是人人如此。这儿有人长年累月地工作着，有人夜以继日地工作着，但是没有一个人注意到这种事实……"

古维德尔大叔直率地问道："谁夜以继日地工作着，我们怎么没有听说？"

"你知道了又有什么用呢？"

"我想打听打听。人老了就像小孩一样，变得爱打听了！"

"古维德尔大叔，我们说的都是与我们不相干的事啊！"

古维德尔大叔听了这句话很不高兴，又不甘心就此罢休，便说：

"要是我说你几句，你不会生气吧？"

"请便。"

"你这个只会攻击乡公所的人，一整个夏天为什么不能教大伙读书、写字？你是害怕把学问教给别人会损害自己呢，还是害怕学校在夏季开学天气太热？"

塔希尔有点儿蔑视地看着他，讽刺道：

"害怕这样会使你发怒。因为那时候，咖啡店除了苍蝇之外，什么人也不会来光顾了。"

他的话还没有说完，一位玩牌的人嚷起来了：

"算了。不来了，不来了！"

古维德尔大叔痛心地摇了摇头，嘴里重复着那位玩牌人的话，咕哝着：

"算了。不来了，不来了！"

他拿起那只掉进苍蝇的咖啡杯，朝着一伙玩牌人走去，想看看玩牌的结局。

第三章

哈伊拉看着淹没在灰色尘土中的村庄，自言自语道："毫无疑问，风在告诉人们，天快要变了！"

这种鬼天气别说对庄稼有影响，就是对人来说，也肯定不会带来什么快乐。哈伊拉惶恐不安，她该怎么开口与女儿谈婚事呢？不过，早晨非得硬着头皮去探探女儿的口气不可了。因为不管她找什么借口不去问女儿，丈夫都不会饶过她的。他回家后，必然会问她：你跟奈菲赛说了吗？这时不论她是支支吾吾不答或者说另找一个时间再谈都是不行的。

于是，哈伊拉小心翼翼地对女儿说："秋天，你就别回阿尔及尔了。"

这个突如其来的决定刺痛了奈菲赛的心，她直愣愣地问："我的学业呢？"

母亲极力装出不偏不倚的样子，说："是你的父亲这样决定的。你就别回阿尔及尔了。"

奈菲赛想不出是什么原因让父亲做出这个决定，也无法想象中断学业后，等待她的将是什么样的命运。她完全失去了对自己的控制，心乱如麻，思绪万千。许许多多的问题一个接着一个涌进她的脑海，在没有找到答案之前又消失了。她感到自己走进了一条黑魆魆的摸不到头的长廊，许多铁手在使劲地推着她向前、向前……也许这种幻景就是她所设想的命运，也就是说，她在中断学业之后，只好在这孤零零的村子里生活。这一个暗淡无光的画面是由她母亲突如其来的话引出来的，也是在不知不觉中出现的!

“读书是次要的……”

奈菲赛强压着火，打断了母亲的话：

“读书是次要的? 那么对我来说，什么是主要的呢? ”

“像你这样年龄的人，主要的事情是考虑前途……”

不仅是高兴能使人发笑，绝望有时也会令人发笑，奈菲赛笑了。尽管她的两片薄唇长得妩媚迷人，但是，她对中断学业后的前途感到绝望而发出的笑声却是非常凄凉的。

奈菲赛没有忘记母亲说的前途是指什么。她闭上了眼睛，仿佛要从这个地方，从这个无知的母亲身旁，从这个可怕的现实中逃出来……

母亲想把心中的秘密完全公开，于是对女儿说：“是你父亲要让你结婚的。”

母亲紧紧盯着女儿的脸，她试图从女儿的表情中探到这番话对女儿产生的影响。但是，奈菲赛并没有让母亲如愿以偿。她气愤地站起身来，撇下母亲，朝自己的房间走去。母亲还在咕哝着，抱怨她是个不体谅母亲又没有良心的姑娘……奈菲赛把对着果园一角的窗户打开，眺望着窗外无边无际的天幕。在她凝眸远望朱尔朱拉群山[①]山峰的时候，她的脑海里展现出一幅图画，这画里没有学校，没有阿尔及尔的十里长街，也没有傍晚在树荫下成双成对溜达散步的青年男女，而是一幅画了羊倌的图画。有一天，她曾听到的悠扬而清甜的笛声，就是

① 横贯阿尔及利亚北部沿海地区的阿特拉斯山脉中的群山，海拔 2300 米。

这位羊倌吹奏出来的。在一种迷离恍惚的梦境里，她幻想羊倌成了仙境里的一位王子，他坐在一块巨石上用音色纯真的笛子为母绵羊吹奏凄凉的曲子……这是因为干旱，母绵羊失去了它洁白可爱的小羊羔。

她感到自己的脖子被重重地勒了一下，心里憋得慌，她机械地用手抚摩了一下自己的脖子，想知道脖子上是否有被勒的手印！但是这种窒息是一种突如其来的内心感觉，就好像她刚才亲眼目睹一阵狂风突然卷起，满天尘土使天地变得昏暗朦胧那样。她并没有在思索什么，只是惶恐不安。这种不安不是由什么原因造成的，而是油然而生、突然感到的。这种不安使她在这种神奇的看不清的幽邃世界面前束手无策，这幽邃的世界给人们安排了逃脱不了的命运，不管它是迎合人们的愿望还是毁掉人们的意愿。父亲不让她再回阿尔及尔继续念书了，他决定要她结婚，并给她物色了结婚的对象。她的母亲认为她已到了只能待在黑屋子里的年龄了！村里容忍不了一个成年姑娘有活动的自由，仿佛成年是一种精神上的堕落，就连自由也要受到约束！成年姑娘连穿什么样式的服装，信哪种宗教都要受到干涉；不管天冷天热，成年的姑娘都得穿上阳光照不到腿、胳膊和胸脯的衣服。关于命运，宗教上是这么说的：成年姑娘应该服从于生活的安排。也就是说，一些形而上学的东西和外部的原因能决定姑娘的命运，原始的习俗能束缚姑娘的举止行动……面对这一切现实，她孤零零的一个人能做些什么呢？造反吗？可是造什么反呢？造谁的反？她在村子里一个人也不认得，就算她认得又有什么用呢？村里既没有妇女组织的分部，也没有党的青年组织的支部，更没有什么其他组织。但无论如何，她一定要造反，一定要不顾一切地反抗外来的控制。只有造反，她才能找到办法，找到出路！

在这漫无边际的遐想中，她记起了一种旧的说法，那是她在书本里看到过，也听人讲过的：

“恩赐的自由犹如施舍的面包！”

她激动地站起身来，飞快地跑到母亲跟前，粗暴地说：

“你跟他说，我绝不结婚，我也绝不中断学业。不管怎么样，我一定要回阿尔及尔！”

母亲看到女儿这种神经质的样子大吃一惊！她走到女儿身边，想安抚她一下，可是女儿猛地把她推开，说道：

“我绝不像你那样卑躬屈膝地活着！如果你愿意，你就去做别人的母亲吧。爸爸，谁要就给谁好了。反正我绝不能受别人受过的那种苦！我还不是一个妇人，你明白吗？我还不是一个妇人！”

奈菲赛怒气冲冲地走了出去，回自己的房间了。

这时，母亲的心情能用什么词来形容呢？她浑身没有一点劲儿，只是觉得脚下的地旋转起来了，像一个疯狂旋转的陀螺，转着，转着，不停地转着……最后她晕倒在地上了，既不能呼吸，也无法说话。她仿佛觉得冰凉的水流遍了身上所有的关节。她全身都淌着冷汗，只觉得被汗水浸透了的衣服紧紧贴在身上……她度过了一段即使在做噩梦时也没有过的令人窒息的恐怖时刻。接着，眼泪簌簌地从面颊上流了下来。她突然发现自己的寿命将要缩短，她为之伤心流泪，因为她曾幻想生儿育女会延长寿命；她为自己甘受这种禁锢的生活而流泪，而她这样做是为了使后代幸福，能出人头地；她为无数烦恼而流泪。忽然，往事涌上她的心头……她清楚地记得，奈菲赛还在她肚里时，她就把胎儿看作是身上的一块肉；她还记得妊娠时的反应：恶心、呕吐，浑身软绵绵的一点儿力气也没有；她还记得分娩时撕裂似的疼痛；她还记得在给奈菲赛喂奶时油然而生的慈爱，这种慈爱是随着乳房中流出的乳汁和奈菲赛吸吮时所产生的疼痛而产生的；最后，她还想起了自己为思念远离家门、身居异乡的奈菲赛暗暗流了不少眼泪……可是，这一切现在给了她什么回报呢？

*　　*　　*

哈伊拉一生中的日子，除了武装革命年代之外，从来没有感觉到有哪一天像今天这样漫长、这样糟糕。革命年代尽管是残酷的、暗无天日的，但是总还可以透过战争的硝烟，在远处看到充满希望的曙光。而今天这个倒霉的日子，哈伊拉只能感到空虚和绝望。如果她的女儿能像其他姑娘那样，对她开诚布公地说出心里的痛楚和苦恼，她是会理解女儿的。这样，女儿不仅会受到她的慰藉和怜悯，而且会得到她的支持和帮助。可是女儿顶撞她，对她最引以为豪的品行加以羞辱，这样，母亲对女儿来说已经没有什么意义了，从今天起母女之间也就没有什么关系了。

哈伊拉怒气冲天，她真想等丈夫一回家就对他说，这个姑娘大逆不道，得把她关起来管教管教，要不把她赶出家门。但是她没有这么做，随着时光的流逝，她的恼怒、哭泣变成了默默无声的绝望。

母亲万万没有想到这姑娘的人生观与本地人的看法是那样的格格不入。在母亲眼里，奈菲赛仍然是一个姑娘，姑娘在自己的双亲面前是不能拿主意的。晚上，加迪回来了，他问妻子是否把他的话告诉了奈菲赛，哈伊拉答道：

"她在房间里，你自己去说吧！"

"你跟她讲了没有？她反对吗？"

"我告诉你吧，我没有跟她讲，我也绝不去跟她讲。她就在你面前，你要是愿意，就自己去跟她谈。"

"我已决定要她出嫁了，我的决定就是法律。你连女儿都说服不了，还有什么用？"

“我只会打扫牲口圈！”

“打扫牲口圈？难道你想不扫，让我亲自去扫？”

加迪意识到女儿已经顶撞了妻子。他现在就怕妻子对这件事没有足够地重视。当然，他没有把自己想把奈菲赛许配给乡长这个意图跟她说清楚，这是一个谁也不能知道的秘密。难道他能对妻子说，乡长对我们的利益是最大的威胁？一个只懂得家庭生活的女人，能明白连聪明的男人都无法一下子理解的事情吗？财产权归谁对所有者来说是非同小可的事，他加迪也是一个所有者。如果从现在起，他不尽力采取各种手段来保护自己的土地的话，那么，土地将会从他手中失掉。到那时，他活着又有什么意思呢？他活着本来就是为了从眼前这块土地中吸取力量的。为了保住他应有的一切，现在唯一的办法就是与乡长联姻。乡长的地位以及他对革命斗争的态度，对他是大有用处的。尤其是通过这种婚姻关系，乡长会成为他的土地的受益者。也就是说，到后来，乡长会成为土地所有者的最大辩护人。女儿不管如何，反正是一个女人，无论嫁给乡长，还是嫁给别的人，都没有什么区别。如果不是害怕失去土地，他一定会让她回阿尔及尔去继续念书的，即使婚姻问题，倘若女儿不愿意，他也不会强迫她的。可是，局势发展得太快了，关于土改的谣言已经不胫而走，家喻户晓了。如果现在他把这一切都告诉妻子，那么她将会说些什么呢？毫无疑问，女儿对她来说比土地还重要。她绝不会这样去做的。

这些想法一直在加迪的脑子里打转，他看着妻子对女儿、对自己牢骚满腹的样子，便说道：

“你应该好好劝劝她。她年龄还小，分不清好坏。马立克是我们家的一员。在革命年代，他为了救侯赛因，把个人生命置之度外。他是这个区屈指可数的好人。不仅如此，结亲还可以纪念我们死去的女儿。”

“我跟你说过了，你自己找她说去吧。反正，我绝不会再去对她说了。”

“真是怪事。你这个女人，你在说什么呀！还没有听说过母亲对自己女儿的怨恨竟到了如此地步。即使女儿在耍脾气时说了些不知轻重的话，你也不至于这样没完没了地揪住不放。”

“她拒绝结婚。”

加迪笑着说：

“拒绝？这永远也办不到。我下定决心的事无论如何都要去办成的。”

加迪出去做宵礼了，临走时又补充说了一句：

“要是连自己的女儿都没有办法处置，那么我活在人世间，还有什么脸见人？”

*　　*　　*

风停息了，村庄像往常一样宁静。这天夜里，奈菲赛心烦意乱，淌了不少眼泪。天亮了，她感到发脾气也无法把自己从这个牢笼里解救出来，总得想个法子，做点儿什么才是！她想来想去，只有一个法子，那就是写信给住在阿尔及尔的姑妈，告诉她这儿发生的一切……

她拿了笔和纸，开始写信了：

××村196号

亲爱的姑妈：

我在亲人身旁熬日子的牢笼越来越窄小了。我的父亲既是法官，又是刽子手。他决定不让我回阿尔及尔继续念书了，他要把我嫁给一个素不相识的男人。我无法想象，我怎么能和那人一起生活，他的年龄至少比我大一倍。据说，是我那位可怜的姐姐宰莉哈的未婚夫，现在担任着乡长的职务。

不管这个人怎么样，反正我从来没有考虑过在这个穷地方度过我的一生。我的学业也不能中断。

我无法跟您详谈我和母亲之间所发生的事情，以及我对自己命运的安排。

在我人生中的这个紧要关头，我恳求您到这儿来，说不定您能阻止我父亲执行他的决定。然后，我跟您一起回阿尔及尔。不然的话，我只得被迫对自己的命运妥协了，不管它的后果如何了。

亲爱的姑妈，我求求您，求求您来这儿，我盼望着您。

亲吻您，亲吻大家。

奈菲赛

她一写完信，马上想到得请羊倌去邮局寄这封信。她决定趁拉比哈赶着羊群回来歇晌的时候，不顾一切，偷偷地叫他去办这件事。

她把外面的窗户打开了，等着羊倌路过这儿。

拉比哈走近院子的时候，愣住了。他看见窗户大开着，奈菲赛就在窗前。他感到诧异的是，奈菲赛看见他时，没有躲起来！她竟向他示意要他走过去，这个可怜的小伙子几乎不敢相信自己的眼睛了！不错，是她示意让他过去！

拉比哈拘谨小心地走近窗前，奈菲赛对他说道：

“拉比哈，你能到邮局去一趟吗？”

“可是，邮局在中央村哪！”

他犹豫了一会儿又说道：

“如果你需要的话，我明天去。今晚，我去找一个牧羊人，明天请他替我放羊，我好去邮局。”

“我有一封信要寄，我不想让任何人知道这件事。”

“别人怎么会知道这件事呢？我不会对任何人讲的。”

"喏，就是这封信，你好好拿着，亲手投进邮筒里，邮票已经贴好了。"

"你放心吧，我将亲手去投……任何人也不会知道的。"

"那么，现在你就走吧，你要小心，别让人瞧见了。"

"你一点儿也不用害怕，人们都午睡了。这么热的天，人们都懒得动弹。村里的一切动静我都会知道，甚至连狗我都认得！"

奈菲赛对羊倌向她表示的这种离奇的恻隐心感到好笑。尽管她第一次跟他说话，但是他对自己竟如此得坦率，感到惊奇！

拉比哈走了。奈菲赛回到房间里，感到一阵快意传遍了全身。刚才还似乎死死卡住她的绝望之手，现在渐渐松开了。她眼前的苍穹越来越宽广，渐渐露出了蔚蓝色！

这次见面只是短暂的一瞬间，可是，奈菲赛已经看清了这个小伙子的脸的轮廓，并已印在心上：右边的嘴角比左边的嘴角往上翘一点儿，这是吹笛子的缘故；他的手指又长又粗，但是，一按笛子的时候，就变得灵巧、柔软，使吹出来的笛声比和煦的春风更轻柔、香甜；他的一双眸子闪烁着梦幻般的光芒，显示出他并不了解这个迷离的世界；短短的鼻子使他显得天真无邪，宽厚的胸膛象征着对人的直爽坦率，还有像石榴那样透红发亮的皮肤，是那么好看。

奈菲赛绞尽脑汁，想回忆他穿的是什么衣服，但是，她一点儿也记不起来了。

可是，他的衣服与她有什么相干呢？羊倌的衣服不管夏天还是冬天都差不多，总是那件褪了色的、打满了补丁的、肮脏不堪的褴褛布衫。那么，重要的是别去想这副讨厌相，而应该去记住他双眸里闪烁着的梦幻一般的光芒和他脸上泛起的红光。

是呀，奈菲赛曾想象他是个傻瓜，因此她在他面前不感到腼腆。仿佛他对她来说并不是一个陌生人，或者说，不是一个男子汉。可是，他的青春活力，却强烈地显示出他具有的男子汉气概！

她曾把他当作是一个呆头呆脑、什么也不懂、只会吹奏娓娓动听的曲子、只能以牧场和山丘为伴的人。她也曾想象过，他是恬静而神秘的王国里的一位天真、善良的王子。这个王国是羊群的王国，这个王国的未来由于牧场的更迁而随时发生变化，这个王国幅员辽阔，无边无垠，而且在那里是无拘无束的，它还是一个春光明媚、清风习习、充满自由的王国。可是，这个王国在它的主人眼里，却是不幸的象征：狂风、豺狼、炎热、饥渴、苦恼。

至于羊倌呢，见了这位姑娘之后，就遐想起来：

“她假装要发信，心里定有别的打算。她还以为我是傻瓜，不明白她的心事！女人毕竟是女人，不管她生活在阿尔及尔，还是生活在乡下。但是她长得真标致！我真不知道她怎么会长得如此漂亮！”

第四章

加迪的家虽说是人人皆知的，但真正了解这个家的还是羊倌拉比哈……比如，他知道他家房子的北面有三棵无花果树、一棵巴旦杏树和一棵笃耨香树；房子的西面有五棵柳树、一个葡萄架，还有一棵石榴树。房子的东面只有一棵巴旦杏树，由于年长日久已枯萎凋残了。当其他的树新芽满枝、花蕾初展的时候，只有这棵巴旦杏树光秃秃的，到处是斑驳皱裂的树皮。房子的南面，他就没有数过有多少棵树了。因为那儿有一个果园，它与村里其他的果园毗邻。

"我对这家的一石一木都了如指掌，连狗都认得我……"拉比哈在心里说。

的确，认识这条狗对于想接近加迪的人来说，也许比了解一石一木更为重要。拉比哈在与奈菲赛见面后，有一个想法在脑海里逐渐形成了：他要去加迪家。他误会了奈菲赛求他去邮局发信的意思。他全身血管里燃起了灼热的欲火，仿佛心灵中追求神秘快感的窗户被捅开了。他认为，奈菲赛与其他女人一样，只是个发泄性欲的对象而已。再则，拉比哈觉得奈菲赛比其他任何一个姑娘更为幼稚，更为天真无邪。因此，他与这个地区大部分乡下人一样，认为城里人并不怎么聪颖，他们不太能理解乡下男人的内心世界。奈菲赛的幼稚可以从她说话时对自己露出的笑容里觉察出来；还有她那对高高隆起的、几乎要撑破连衣裙上半部的乳房，也可以证明她的幼稚。当然，拉比哈是不了解女人的，尤其是城市里的女人，她们的乳房是用有硬衬的乳罩托起的，这样不仅使乳房不耷拉下来，而且更能增添女性的婀娜动人与魅力。但是在乡下，显露女性成熟的标志，往往被认为是狂热、放荡和伤风败俗。

拉比哈把羊群赶回家时，希望能在窗口或门口瞧一眼奈菲赛，而不让她的父亲、弟弟看见。但是，当拉比哈走到门口时，奈菲赛却没有留意拉比哈，当然，她也根本不会等他。拉比哈走到看门狗前，用手轻轻地摸了摸狗头，表示他们之间有友谊，然后离开了。

这天晚上，他感到自己的双脚迈不开步，似乎不愿意离开加迪的家。他一面慢腾腾地向前走着，一面环视着他熟悉的一切。他熟悉的那些树和地方都没变，可今天晚上，他要像机警的小偷那样小心翼翼地猫着腰来这儿，而不能像以往那样大大方方地散步来到这儿。他还想象树林是黑乎乎的，在一堆堆的土墩中可能藏着使他害怕或者会伤害他的东西……

对于那些偷香窃玉的人来说，干那种见不得人的事儿得深思熟虑。但是，拉比哈却没有考虑许多，也许他的思维器官里这方面的细胞太少了。拉比哈的生活中没有什么新鲜的东西，每天从加迪家到环抱着村子的群山里去牧羊，用不了走多少时间，即使绕着群山走一圈也是很容易的事，他了解的就是这么一块窄小的天地。那是一块没有开发的地方，既没有电线杆，也没有桥梁，就连村子上空也几乎没有什么声音。当然，那里有当地人称为“吉卜利”的南风，它是一种近乎于怒吼的声音，但它不是象征革命，而是表示痛苦、孤寂、恐惧、死亡……

还有雷电，它仿佛是一种凶猛、暴力、威武的象征，表示对一切的反叛。但是这种荡涤一切的反叛，最后只能导致毁灭。在收割的季节里，雷声经常出现在这村子的上空。每逢人们丰收在望的时候，往往突然雷声隆隆，随之而来的是冰雹和暴风雨，朝着庄稼倾泻而来，把人们的希望毁于一旦……这里，还有家禽和一些鸟的叫声。虽然村子很荒凉，但鸟儿并未离开村庄，它们喜爱自己的故乡。此外，还有一些狼嗥声……

村中的一切声音是那样地自然、柔和，这是村中老百姓生活的一部分。如果说在这些声音中人为的声音并不多，那就是说老百姓的生活离不开大自然。是的，你无从知道人们需要些什么，但是你能很容易地了解他们大部分人的想法，更能轻而易举地了解拉比哈的思想。他刚长大，就当了羊倌。当他还在摇篮里的时候，父亲就去世了。父亲的容貌他没有一点儿印象！他能知道些什么呢？他母亲又是一个哑巴！他现在已经 22 岁了，长年累月地跟羊混在一起，已长成了一个膀大腰圆的小伙子。除此之外，他便一无所获了。他的知识，都是从别的羊倌或者村里的一些老乡们那儿得到的。这些知识不会使他的生活与思想复杂起来，更不用说去抑制他的各种欲望了。生活剥夺了拉比哈的智力发展，但又赐予他一种天生的美貌，褴褛的衣衫和平日的粗茶淡饭都无法使这种自然美消失。他笑起来的时候，脸颊上露出两个小酒窝，眼睛最美之处——黑黑的瞳仁——闪烁着光芒；他脸上每个部分都长得那么匀称、恰到好处，为此他赢得了人们的喜欢。他尽管孤苦伶仃，却又无忧无虑。他老是高高兴兴的，不但喜形于色，而且老用他的笛子吹奏出具有浓郁乡土气息的乐曲，用眼神表达内心的喜悦与欢乐。

他和哑巴母亲住在一间茅屋里，离加迪的家不到一里路。这所茅屋坐落在小山丘上，山丘下是村里的果园。果园里长着各种果树，有无花果树、杏树、桃树和葡萄树等，还有生长在河道或当地人称为“河谷”两边的夹竹桃。这果园从山坡最高处延伸到最低处，约有两公里，也就是说到了水流的尽头。拉比哈和母亲住的茅屋就坐落在这河谷西边的小山丘上。而加迪的家与这茅屋遥遥相望，坐落在河谷的东边。

晚上，拉比哈回到了家。今天他不像往常那样待在家中，而是惦记着对岸的那位脸蛋白皙犹如月亮般的姑娘奈菲赛。拉比哈打着手势告诉母亲：天气炎热，他要到屋外的石凳上坐一会儿。

他脑海里想的并不多，只是盘算着如何进入奈菲赛的卧室。此时，他心里还产生了一种仿佛是痛楚和不安的感觉，确切地说是一种不可名状的忐忑不安。他拿起了笛子，吹出一种深沉的音调，表达自己的痛楚和对那位陌生姑娘的爱慕；一会儿笛声又转为激越高亢和缠绵悱恻，表达了他的犹豫和伤感之情；笛声时而又变得铿锵有力，表示他对生活和处境的反抗，即使他并没有过多地考虑过生活和处境。笛声高昂时，并不使人觉得刺耳；低婉时，并不显得过分悲怆。高昂和低婉的笛声，是那样得和谐、流畅和甜润……这笛声仿佛使人有一种清幽惬意的享受，或者说是乐园里的一种祈祷；它描绘了村里百草茂盛的牧场、硕果累累的园林、丰富的水源、潺潺的流水、羊羔生产时发出的咩咩的叫声……总之，描绘了人间的欢乐和吉祥。

皎洁的月光洒满了大地，月亮戏弄着对她痴情的人们的眼睛，而人们却无法知道月宫中的秘密。村子酣睡在山峦的怀抱之中，村里的人都已进入了梦乡。此时，奈菲赛却彻夜难眠。她在床上翻来覆去数十次，闭上眼睛也数十次，但是这样更使她失眠，久久不能入睡。这一夜，她有一种新颖的感觉，这种感觉也许在过去她曾有过，可是没有像今天这样……

一个人在情绪激动的时候，往往会对自己本能的冲动失去一切道德上的约束，所有合乎逻辑性的准则和一切宝贵而又纯洁的情操都会丧失殆尽。在这种时候，只存在人们毫无节制的本能的冲动。或许这是产生许多道德败坏、荒淫无耻行为的根源。当然，这是在人不去抑制它、不去抵御它的情况下发生的。

有许多现实，在最初都是人们一些有无皆可的遐想。但是，这些遐想如果经常在脑海里出现，并不断地去揣摩，那么，最后就会变成现实，并且给予它以固有的形态。从前，羊倌在奈菲赛的脑海里确实没有闪现过，可是现在他却客观地、具体地出现在奈菲赛的脑海里，成为她动情的对象。谁会想到，有一天她竟会想起羊倌来呢？本来羊倌是一个不足挂齿的人，奈菲赛怎么会对他思恋起来呢？

不管怎么说，奈菲赛现在仍然躺在床上，全身的战栗已达到无以复加的地步了。在这漫长的夜晚，每过去一分钟，她就感到气温升高一度。按理说在夏季的夜晚，随着深夜的来临，气温在逐渐下降！但是，奈菲赛却感到炽热难熬，这是生理上的变化，那不是气候的炎热！

奈菲赛从床上爬起来，开始在这间狭窄的房间里踱来踱去，她本来并不想动的。她走到窗户前，推开窗户，只见皓月当空，月光洒满了大地，顿时，她被这月色陶醉了！她在窗前站了一会儿，又回到了床前，一赌气把睡衣也脱了，扔在木凳上，然后光着身子躺在床上！

* * *

拉比哈从绿树成荫的河谷那儿偷偷摸摸地向加迪的家走去，走别的路都很危险。这天夜晚，月亮把大地照得如同白昼。拉比哈提心吊胆地走着，他怕脚步声惊醒睡在果园里的人。他走一会儿，停一会儿。河谷里的青蛙发出讨厌的叫声，使人感到恐惧和厌恶。他离加迪的家越近，对自己的所作所为越感到惶惶不安，不过这并没有妨碍他继续赶路。他一直走到离加迪家只有几步远的地方，才停住了脚步。他躲在一棵无花果树的背后，从树后窥伺周围的一切。他开始把房子周围的每棵树、每块石头都看了一遍，这一切都是他熟悉的。那条狗不时懒洋洋地吠叫几声，因此拉比哈肯定狗并没有发觉他。他不知不觉回头看看对岸的小山丘，母亲正睡在那儿的茅屋里。月光下，茅屋显出朦朦胧胧的轮廓，他家当然没法与他跟前的加迪家相比；加迪家有好几间房子，墙是用红砖头砌起来的，在银色的月光下，变成了嫩黄色。此时拉比哈感到一种莫名其妙的沮丧。不过，他不准备多想这些了。

拉比哈的行动要担很大的风险，而他却不顾这些，他的冲动使他忘记了一切。奈菲赛如花似月般的容貌，成熟少女丰满的身体，真酷似一棵果实累累的果树，令人垂涎欲滴，非想得到她不可！拉比哈似乎看到奈菲赛对自己微笑着。他想，要是奈菲赛问起他怎么会想到干这种冒险事的，他该如何回答呢？他想了许多回答方式，都没有使自己满意的。不过，可以肯定地说，奈菲赛一定会赞赏他这种贝都因人才有的胆量和勇敢的。从今以后，她一定会用一种敬佩和尊重的眼光来看待他，他的生活一定会跟她的生活融合在一起……这些念头在他的脑海里闪过，在他的心灵中产生了不可言传的甜蜜的希望。如果笛子在身边，如果这儿离加迪家不是很近的话，那么，他一定会拿起笛子为这种遥远的希望吹奏出婉转缠绵的乐曲。可是现在笛子在家里，况且，现在又是在一个容不得他歌唱、吹笛的地方。

他又一次环视了附近的树木、石头，然后开始警觉地向前挪动，蹑手蹑脚地朝前走……他的一只脚踩在一根树枝上，树枝被踩断了，发出的声响把那条看门狗惊醒了，狗狂叫起来并朝着发出响声的地方奔去。当狗跑到羊倌跟前认出他时，怒气自然消失，不再叫了。它摇着尾巴在拉比哈身边转来转去，一会儿把头贴在他的小腿上，一会儿又咬咬他的衣角……拉比哈想摆脱这条狗，可是狗却赖着不走。于是他拿起一块石子吓唬它，但还是摆脱不了它。他一气之下拿起石子向狗扔去。狗这才汪汪叫了几声，忍着痛走开了，犬吠声仿佛表示了抱怨和失望。

拉比哈到了奈菲赛卧室外边的窗户底下，发现窗子是关着的。他想把它弄开，但是没有成功。因为窗子里面用铁插销插着，关得严严实实的。他很恼怒，感到今天这件事开始就不顺利。他考虑着该怎么办，悄悄地敲窗户吧，也许她会把他当作贼，喊叫起来，这谁能知道呢？他知道外面的大门是关闭的，里面用一根粗木棍顶着。那么只有翻墙了。但他还是想从大门进去，虽然那样有危险，但是比敲门要好些。

他忐忑不安地站了一会儿，几乎想改变主意回去了。但是，他的目的没有达到，绝不能罢休。他决定不管付出多大代价，也要翻墙进去。他离开了窗户，觉得心跳得越来越快，两脚走起路来软绵绵的，刚才那股劲头小多了。他走到围墙下，发现没有什么地方能隐蔽。这时，月光如水，翻墙进去并不是一件容易的事。于是他回到庇荫处。这儿，正好是奈菲赛卧室的屋角和另一间房子的屋角的相连处。他发现从这儿进去比翻墙要容易得多。他壮了壮胆，爬上了屋角的墙头，坐在墙头上，院子里仍然是那样得静谧。他在墙上停留了片刻，考虑着如何下去。是跳下去呢，还是把围墙上的砖头搬掉几块，沿墙滑下去？他选择了后一种方法进了大门。他双脚一落地，马上奔向大门，把那根顶门的粗木棍搬走，因为如果发生意外的话，他能很快从大门溜走。然后，他回身走到奈菲赛的卧室门口。她的房门也关着。不过，幸运的是没有上锁。他轻轻推了一下，门开了。他进了门，把窗户打开了，然后又回到房门口，把房门关好。他屏住气，站了一会儿。在他一生中，从来没有像现在这样精疲力尽过。

奈菲赛正在酣睡之中，开门、关门和开窗的声音并没有把她惊醒。事实上，是由于拉比哈的动作非常谨慎小心，几乎没有声音。房间半明半暗，不过还是比较亮的。拉比哈看见了奈菲赛睡的床，他朝床边走去。猝然，他见奈菲赛一丝不挂地躺在床上！他仿佛感到有一样东西强烈地震撼着全身，所有的神经器官和细胞几乎都要燃烧起来了。有生以来，他第一次看到赤身裸体的姑娘！“她长得好标致啊！真美！”开始他想躺下来。可是，最后的一刹那他又改变了主意，他要叫醒她。他走近床边，把手搁在奈菲赛的嘴上。突然，奈菲赛惊恐万状地跳了起来！拉比哈温情地对她说：

“别害怕，奈菲赛，我是拉比哈！你别害怕……”

奈菲赛用尽全身力量以最快的速度，一手把床单扯到身上，一手把他推开。她惊恐极了，这突如其来的事犹如晴天霹雳！她气急败坏地说：

“坏蛋，滚出去！”

拉比哈茫然失措地说：

“我是羊倌拉比哈……你别害怕……”

“坏蛋，快滚出去！快滚出去！要不，我喊人啦！”

“可是……”

他张口结舌，不知道该怎么办才好……奈菲赛恼羞成怒，一个劲儿地说：

“你这个坏蛋，从这儿滚出去！臭东西！你这个臭羊倌！”

拉比哈愣住了。他全身冰冷，好像一盆冷水把他从头浇到了脚底。他觉得自己的心上挨了重重的一刀。“臭羊倌”这样的字眼他还是第一次听见，如果不是他年轻力壮，一定会气得栽倒在地。

“你这臭羊倌，给我滚出去！”

房间不是十分昏暗，拉比哈这时却感到屋子在渐渐地变成漆黑一团。这里的一切都使他窒息、失望。

拉比哈从窗口跳出去。看门狗发现了他马上迎面奔来，用头蹭着他的两条腿。现在他不用小心翼翼了，也不用担惊受怕了，他没有发觉狗在他的身边。他垂头丧气地走着，什么也不看，面前的道路一片黑暗，他漫无目的地走着。那句刺耳的话老在耳边回响："你这个臭羊倌，给我滚出去！"

月亮已经偏西了。加迪家对面开始昏暗起来，不过拉比哈也不再需要光亮了。他本能地朝家走去。溶溶的月光把路照得透亮，可是拉比哈的心中却是漆黑一团。他越来越感到身子困乏难忍，简直到不了家，尤其是这段路像台阶一样高低不平。他只觉得小山丘与天际相接，坐落在遥远的地方。他再也走不动了，就坐了下来，不知不觉地把目光转向加迪的家。可是，那屋子离他是那么遥远，再也看不见了，仿佛这个美丽的家是一下子离他那么遥远的！他产生了憎恨这个家、憎恨这一家人的感觉。他甚至对这个家的一切，连它周围的环境都憎恨。他巴不得发生一次强烈的地震，把这个家震成一片废墟，把它从世界上抹掉！他和这个家过去的一切联系已不复存在，现在有一条鸿沟把他们隔绝了。那些无辜的羊群，现在在他的脑中也变成了一群蠢猪。他胡思乱想了一通，到最后，心里十分恼怒。

"我还坐在这儿干吗？为什么还像一个无能的可怜虫那样望着那个地方呢？难道我心里连敌友也分不清了，难道我不是一个男子汉吗？"

他猛然站起身来走了。突然间，羊肠小道在他脚下变成了通衢大道，家中的茅屋成了最漂亮的瓦房，原来不曾使他牵肠挂肚的哑巴母亲，现在成了他心上最爱的人……一些虚无缥缈的东西几乎使他要高声喊叫：

"我的母亲是世界上最漂亮的女人，虽然是哑巴，但她比任何人都善于表达！"

他一面胡思乱想，一面像火车头那样呼哧着，气喘吁吁地在羊肠小道上朝着家里跑。他走到家门口那块平常坐的石凳跟前，便坐了下来。他的笛子就放在那儿，他随手把它拿了起来，凝视着天空，眺望着远处群山的山峰。东方欲晓，晨曦开始显露，向山巅微笑着，温柔地亲吻着山峰。他拿起笛子吹了起来。他目不转睛地望着山巅，吹着，吹着。他感觉到激动尚未平息，笛子吹奏出的是激昂、高亢、愤怒的曲子！

他的激动，随着他吹笛时的呼吸和他吹奏的曲子奔泻出来。这是一种愤怒的、感情上的激动，而不是理智上的。他本来感到自己很有能耐，可以把加迪的家铲平，或者把村中类似加迪家的庭院都夷为平地。但是，他却没有想到，当他能在自己居住的地方盖一所茅屋时，别人已经能在茅屋旁盖新房子了。

此时此刻，不管他心中想什么，最后的夜晚时刻还是流逝了，各家各户的晨鸡已在引吭高歌。

拉比哈吹完了曲子，村子苏醒了，远处能看到这家或那家门前，有人在做礼拜，开始迎接新一天的到来。

拉比哈看到加迪从家里出来，朝礼拜的地方走去，心中暗暗在说：

“你做你的礼拜吧，反正今天我不去放羊了，以后也不给你放了……”

往常，拉比哈在加迪做完礼拜之前就到了他的家。等他做完礼拜后，两人在一起谈谈羊群的情况和打算去放羊的地方。加迪还常常叮嘱他放牧时要注意的事项……

拉比哈走进自己的屋里，看到母亲正用一个小咖啡壶煮咖啡，那个咖啡壶是他用一个空罐头盒改装的。母亲看到他，就打着手势问他在哪儿过的夜？于是他便打手势告诉母亲，他睡在石凳上。因为以前他也曾在石凳上过夜。母亲煮好了咖啡，递给他一个陶土做的旧咖啡杯，这个杯子是拉赫玛大娘为了报答救命之恩，赠送给他的许多咖啡杯中的一个。有一天，拉赫玛大娘到一个陶土坑里去取土，不小心在一个拐弯的地方摔倒了，满筐的土压在她背上。这时，拉比哈正在近处，他把她救了起来。要是没有拉比哈，大娘一定会被压死的……他对着咖啡杯看了一会儿，然后拿起杯子把咖啡一饮而尽，便出门了。他没有告诉母亲自己去干什么，母亲也不知道儿子为了报复，已决定不再给加迪放羊了……幸好拉比哈的母亲即使到将来，也不会知道这些事。

*　　*　　*

加迪做完礼拜后，朝着拉比哈常走的路望去，可是不见踪影……于是，他又朝茅屋望了好一会儿，希望能看到羊倌从茅屋里出来。可是，羊倌早已出门了，他什么也没看到。加迪知道，要是拉比哈没有像往常那样按时来，那他肯定不会来了。他必须在村里找一位家里有羊的人来替他放羊。

加迪的最可贵之处，也许就是心胸开阔和沉默寡言。不管他高兴的时候还是发愁的时候，他的得意和愤怒都无法改变他那不动声色的神态。所有在他那儿干过活儿的人都这样说他。如果某一天羊倌来迟了，加迪不会火冒三丈。或许羊倌累了，或许他熬了夜没有睡醒，或许为了什么原因，或者无缘无故地胡闹了一通，没来上班，不管怎么样，他都会把事情处理得妥妥帖帖的。心胸开阔对有钱人来说是最佳的品行……

加迪从礼拜的地方站起身来，朝着家里走去。他吩咐老婆把儿子加迪尔叫醒，让儿子到伊本·艾特拉什家去一趟，请他家的羊倌今天放羊的时候，代为照管一下他们家的羊群。哈伊拉问道：

“羊倌今天怎么没来呢? 也许他生病了吧? ”

加迪说：“我看不会。昨晚我见了他，不像有病的样子……”

哈伊拉说：“或许是他的母亲病了，加迪尔从伊本·艾特拉什家回来时，让他顺便去打听一下……”

加迪正准备出门，听了这话，便回答说：“他要是愿意的话，你就叫他去看看吧！我现在去镇上。”

加迪去镇上了，镇子离他家约有一公里。那里有一家乡村咖啡店、几爿商店、一座清真寺……这个镇是老百姓赶集的地方，不管家住在近处还是住在远处的人都到这镇上来赶集。

* * *

拉比哈很少去镇上的咖啡店。他是一个羊倌，从来没有假期。村里别的活计都允许干活儿的人有长达数月的假期，而放羊是一种长年累月不能停歇的活儿。拉比哈从不知道什么是假期，所有在这块美丽的乡间土地上放羊的羊倌们，都不知道什么是假期。如果村里的人，从小就像羊倌那样一年四季劳动的话，那么，人们就不会如此贫穷，生活就会富裕起来，贫瘠的土地一定会变成取之不尽、用之不竭的肥沃土地……

拉比哈走进了咖啡店。他一进门就引起了店里人们的好奇。他还没有在席地上找好座位，有人就问他：

“拉比哈，羊呢？”

另一个人说：“也许他跟东家闹翻了，就是说跟羊群的主人吵翻了。”

第三个人挖苦地说：“拉比哈长大了，还当羊倌也真不合适了。”

第四个人反驳说：“拉比哈是一个聪明人，他不会吵架，也不会看不起放羊这个差事的。”

第五个人对着刚才说话的那些人说：“让他去吧，管你们什么事！又不是狼到集市上来了。”

突然，一个玩“多米诺”牌的人跟他对面的人叫嚷起来了：

“我给你一张‘爱司’，你回我呀！怎么啦……你就这样整死我？我第一次出过这张‘爱司’，现在第二次又把它打出来，还敲了敲桌子……

你要懂我的意思……你要想学会打牌，就要明白我的打法……我再一次用这张‘爱司’，真奇怪，你这人啊，竟然来卡我的脖子。尽管我使劲敲桌子，让你明白我的意思，但我还是被整死了……现在你一个人玩好了……如果你不懂得你搭档的玩法，你就不该玩牌。”

咖啡店老板看到那个玩牌的人在一个劲儿地埋怨他的搭档，便说：“这一盘输的钱我出。别吵吵嚷嚷了……”

那个输牌的人马上对着老板抱怨地说：“古维德尔大叔，愿安拉保佑你父母双亲！你瞧，我手上还拿着石子，唉，卡我的就是你面前的人，真气死我了，我第三次用‘爱司’时，还用手敲了敲桌子，让他明白……你看到了吗？”

“他老是那样，”那位搭档对老板说，“他每次都是用石头敲桌子，还要大喊大叫……古维德尔大叔，你怎么能明白一个常常大喊大叫人的意思呢？安拉保佑你父母双亲。”

咖啡店老板以一个公证人的口吻劝说道：

“玩牌靠脑子，而不是靠两只手……你们都不会玩牌。如果你们跟一个玩牌高手对阵的话，你们一定赢不了。我的孩子们，你们玩到哪儿了？”

老板走到拉比哈跟前，问道：

“你要什么，给你来一杯咖啡，还是来一杯茶？”

拉比哈有点儿害羞地回答道：“古维德尔大叔，你，你看着办吧！”

老板又说道：“我给你端一杯茶来吧，这种茶在撒哈拉沙漠、摩洛哥都别想喝到！”

拉比哈进咖啡店的时间虽然不长，可他感到这种令人压抑、窒息的气氛与他的脾气格格不入。他一喝完茶，便站起身来准备出门。冷不防，看到加迪站在门口。拉比哈以为加迪要找自己谈话，便露出尴尬、狼狈的神色。可是，加迪看见拉比哈要出去，便和气地叫住他，说道：

“请你等一下，如果你愿意的话，请你喝一杯再走。”

拉比哈羞愧地答道：“谢谢，我喝过了。”

说完便出了门，他走到咖啡店门前空地上的一块岩石前，站住了他不知道该怎么办才好。他漫不经心地朝加迪家望了一眼，看见加迪尔正赶着羊群往外走。他又看到在离加迪家很近的东边，出来另外一群羊，他知道这是伊本·艾特拉什家的羊群。他的头脑里，闪过这样一个疑问：“哎，不知道羊群今天会被赶到什么地方去呢？”他看着羊群由别人赶出门，心里总感到不是滋味。一个坐在他身边编草篮子的人问他：

“拉比哈，你不放羊了？”

他回答说：“不干了。”

那个人接着问：“那么你打算干什么呢？”

“我也不知道，看看再说吧。”

“你应该在不放羊前，先考虑好将来干什么。”那个人好心地劝说，“你在这儿是找不到任何工作的。”

拉比哈不假思索地说：“如果在这儿找不到工作，我就去法国。”

那个人觉得又好气又好笑，就讪笑道：“法国……噢，你以为在法国找工作是件容易的事？我的孩子，你想错了。如果真是容易的话，我就不会留在这儿每天与这些芦苇叶打交道了……世道变了，章法也变了。过去他们讨厌我们，独立后，他们要我们完蛋！在法国，已经没有我们工作的地方了。”

拉比哈天真地说：“成千上万的阿尔及利亚人在法国……单咱们村就去了一百多。”

那个人答道：“是有人去了……但是，他们是什么时候去的呢？他们大多数人在独立前就在那儿了。我跟你说过，章法变了。

拉比哈非常幼稚地问：“什么章法？”

“什么章法？所有的章法……每个国家都有他们的章法。比如，在过去，我们的货币是法郎，而现在，我们使用的是第纳尔。国家在变，章法也在变。”

拉比哈无法与那个人继续谈下去了……法郎……第纳尔……国家……章法……尽是一些连他做梦也没有想到过的问题。他以为那个谈话的人对这些复杂的问题知道得很多。他想改变一下话题，便说：

“如果我不能去法国，那么将设法在阿尔及尔找一份工作做。”

“阿尔及尔？你想在阿尔及尔找工作？你唯一能找到的工作就是你现在不想干的工作。我的孩子，要是你能仔细想一想的话，一定会仍然做你现在的工作，情况以后会慢慢地好起来。”

拉比哈感到这个编织草篮的人每说一句话，他面前的路子就窄了一点儿。他有点儿不服气地说：

“我绝不放羊了……如果找不到别的工作，我就去卖柴。”

那个人笑着说：“卖柴……你卖柴火！护林人呢？你怎么会想到干这一行？”

拉比哈望着那个把广阔天地视为与他的草篮差不多大小的男人，奚落道：“你以为人人都像你那样，一双手只会摆弄地上的荆棘？”

那个人凝思了一会儿，答道：“我的孩子，一切都是命里注定的。也许你做的是对的。”

沉默了一会儿，拉比哈问他干这一行收入怎么样，一个草篮能卖多少钱。

那个人说道：“草篮大小不一，价钱也不同。”

看来他不想同拉比哈再说什么了，拉比哈也就不问了，只是发愁地站在那块岩石面前。他不知道要干什么，也不知道该上哪儿。

这时，他看到拉赫玛大娘正从土坑那儿往家走，她在那条常走的路上，蹒跚地前进着，渐渐地又在他眼前消失了。

拉赫玛大娘在快走到有点儿倾斜的路面上时，感到背上的土渐渐沉了，她仿佛觉得自己的上身有点儿往前倾。土越来越沉，她连挪动双脚的力气都没有了。于是，她伤心地自言自语起来：

“老了，真是老了，我恐怕还未做完这些陶土就要死了……”

她想鼓鼓劲慢慢地走。但是每挪动一步，就感到背上的土又重了一些。她发出了一阵悲怆的长叹，上气不接下气地说着：“过去，我在这条路上是跑步走的，而现在呢……可见我老了，我还能干什么呢？”

她又跨了一步，路越来越陡，压在背上的土也越来越重，她的膝盖剧烈地颤抖着，她紧张地嘟囔着：“我现在该怎么办呢？我绝不能这样走下去了！”

她背上驮的土筐是用一根结实的绳子绑着的。到了一个转弯处，她想解开绳子，把土筐搁在地上歇一会儿，但是刚要结绳的时候，一不留神，人失去了平衡，连人带筐顺斜坡滚了下去！

她喊不出声来，绳子缠在她的脖子上，她也不感到疼痛，只是觉得吐不出气来。她摔倒后，便顺着陡坡连筐带人滚入山坡底下。

大娘摔得很重，但是她还没有忘记她要做的新陶器。她仿佛看到那些陶器从炉子里像一束火红的花束飞出来，腾空而起，风驰电掣般地向上空飞去！

拉比哈依然茫然失措地站在岩石前。那个编草篮子人还在那儿专心致志地干活儿。拉比哈想起了大娘，便举目环顾，从眼前的小山丘、山地，一直看到高原，他自忖道：

“怎么大娘还没有来呀？也许这羊肠小道不好走，她在歇一会儿呢。”

他有一种莫名其妙的担忧。虽然是在早晨，但是天气已经热得要命，太阳火辣辣地晒得人们难以忍受。他双脚动了一下，离开了原来站着的地方，不知往何处去。他踯躅不前，是回家呢，还是去果树成荫的河谷。他趔趄地毫无目标地向前迈着步子。他走着走着，到了一个高处。从这儿可以看到大部分低洼地，忽然他发现远处一个像壕沟的地方，拉赫玛大娘躺在那里。他的心颤动了一下，便不假思索地像利箭一般飞奔了过去……

他被这惨景骇住了！大娘的头在筐子里，上半身露在阳光下，绳子紧紧地缠在胳膊和脖子上。他乍一看，还以为她已经死了。但是当他用随身携带的刀子把绳子割断后，看见大娘的胸脯微微颤抖一下，嘴唇也抽动了。他高兴了，大娘没有死！拉比哈高声呼唤着："大娘！大娘！"

大娘没有回答。拉比哈抬起头来看看上面，想道："她一定是从那儿滚下来的。真可怜！我应该把她背回家。她还算运气好，滚下来的地方没有石头，要不，一定会摔死的。"

他把昏迷的大娘背在身上，又拿起空筐。大娘的身体像空篮一样没有分量，他一面走着，一面想起了往事：那是冬日里的一天，一只母羊死了，他也是这么背着羊回到加迪家。想到这儿，他怒气冲冲，下决心以后再也不干放羊这行当："今后我一只羊也不放了！"

他走在羊肠小道上，感到生活就像那只死去的母羊那样沉重、僵死，令人窒息，或者就像这钻进他心底、渗进他骨头里的酷热，令人难熬……

到了大娘家，他用脚踢开了一扇粗糙简陋的黑色大门，堂屋的四个墙角黑乎乎的，地上乱七八糟放着各种各样新旧陶器：有的是平时用的，有的是刚刚做好的，还有的仍是毛坯。他走进堂屋里，把大娘放在芦席上，芦席铺在对着门的地上。他又看到墙上挂着一条粗糙的毛毯，便顺手从木楔上把它取下来，一半铺在席上，另一半卷成枕头状，然后把大娘移到毛毯上。他看着大娘的脸，只见她汗流满面，双目紧闭，胸脯一起一伏的，就像在酣睡之中，发出深沉的呼吸声。拉比哈想：大娘的四肢没有摔断，要是摔断的话，她一定会痛醒的。他又担心这昏厥是由于头部受伤造成的。他左顾右盼，仿佛想在屋里寻找什么，又好像是想找一个帮手，但是屋里除了陶器之外什么也没有。他又把眼光转向大娘，只见大娘的脸渐渐泛出了红晕，脸上的汗也开始慢慢地干了。他便叫她："大娘！大娘！"

大娘的眼皮微微启开，嘶哑地回答了一声："唉——！"

"大娘，不要紧吧？"

"我在哪儿？"

"在家里。大娘，不要紧吧？"

大娘伸出一只手，仿佛要拿什么东西似的。拉比哈抓住了她的手，喊着："大娘，不要紧吧？"

"不要紧。我只是感到喉咙、胸口像火烧似的干燥。"

拉比哈觉得这是绳子勒过的缘故，便高声喊道："大娘，给您喝点儿水好吗？"

"好，好，……我想喝点儿冷水。"

拉比哈拿起了一个陶土碗来到院子里，树荫处挂着一个盛水的皮袋。他正要解开皮袋口上的草绳，忽然发现皮袋下面的一块大石头下有两个发绿光的点，他感到一阵战栗传遍了脊梁骨和全身关节。

"蛇！这儿有条乘凉的蛇，要不就是一只青蛙！我应该快去给大娘喝水，然后再回来。"他这么想着，便回屋了。

拉比哈把胳膊伸进大娘的腋下，把她微微扶起来一点儿，然后用另一只手端水给她喝。水咕嘟咕嘟地从大娘的喉咙流进肚里。拉比哈思忖着："真可怜，她还没有吃饭呢！她是饿晕了，而不是摔昏的。"

他问大娘："现在，您心里觉得怎么样？"

"安拉保佑！拉比哈，你是拉比哈吗？"

"是的。"

“我永远不会忘记你的救命之恩。”

“大娘，您别想这些了。您觉得饿了吗？”

“不，我的孩子，我不饿。”

“那么，您还想要些什么？”

“我的孩子，我现在什么也不要，我不要紧了。”

“我在水袋附近的石头下看见一条蛇，我去把它打死后再回来。”

“噢……是一条蛇！我已经看到过好几次了，可我也没本事弄死它。拉比哈，你拿着木棍去！”

一提起蛇，大娘似乎又恢复了一点儿精神与活力，她继续说：“打蛇要打七寸，要不然你就打不死它。”

拉比哈拿着木棍来到挂皮水袋的地方，看见那条蛇还盘在那里。他把木棍伸过去，这条蛇微微抬起了头，既不躲藏，也不离井，在原地看着拉比哈。拉比哈用木棍碰了碰蛇头，蛇就抬起头张开了嘴，想咬木棍，拉比哈把木棍移开了，蛇很快吐出舌头发出声响，瞪着眼睛。拉比哈感到很惊奇，这条蛇不逃走，而且也没有显出想逃走的意思！他忖度着：“不用说，它的肚子圆鼓鼓的，一定是吞噬了老鼠或者青蛙……”他又用木棍拨弄了一会儿蛇，每当木棍戏弄它的时候，它就张开嘴巴，想要咬木棍似的。拉比哈终于肯定这条蛇由于肚子撑得太饱而动弹不得了。于是他把那块石头搬开。这时，蛇才极缓慢地蠕动了起来，准备溜走。蛇的腹部鼓鼓囊囊，粗得像人的小腿。拉比哈对准了蛇的七寸处，打下了棍子，蛇被打死了。拉比哈回到大娘的身旁，只见她已坐在席子上。看来她已完全清醒过来了。她又一次捡了一条命，这条命由于微不足道的缘故，差一点儿给葬送了！

她对拉比哈说：“我的孩子，你坐下，你救了我的命。”

她又说：“我不怕死，我也不想死。你看见了吗？要是我死了，这些陶器就没法做好啦！”

拉比哈坐了下来。大娘想站起身来，拉比哈马上对她说 :“您就歇着吧，如果您要什么东西，我给您去拿。”

她说 :“现在我没事了，该起来了……我来把这些乱七八糟的陶器收拾一下。”

“算了吧，现在您应该歇一会儿。”他劝说着。

大娘执意不肯，就站起身来，说 :“除了肩膀和脖子还有点儿疼，别的地方已不觉得什么。睡觉前，我用锦葵草敷一下就行。”

她拿起一些仍是毛坯的陶器，放在堂屋的空地上。然后，倒了一盆水，洗了洗手和脸。她朝着一个墙角走过去，那儿有一个面粉袋，她把面粉袋拿到明亮的地方。拉比哈知道，大娘要为他做饭了。他执意不让她做，但是她非要做不可，而且表示干活儿已经不碍事了。

大娘拿了一个瓦盆，往里面倒了一点儿面粉，又把面粉袋放回原处。她找出了一个小瓦锅，由于平时不常用，她把它洗了一下，然后点起了火。她把三只脚的支锅架搬过来，把锅放在上面。她又走到一个黑箱子旁，这箱子里存放着她所有值钱的东西。她从箱子里取出了一个小小的奶油罐和四个鸡蛋走回炉灶边。她坐下后，打开奶油罐，用一个木匙舀了三匙奶油放在锅里，然后把面粉搁进锅里，还撒了一点儿盐。炉火不太旺，只有一根木柴烧得太旺了，大娘把它抽了出来。生怕面粉在未熟之前被烧煳。她又拿出四个鸡蛋洗了洗，一个一个地打在锅里，又拿了木匙慢腾腾地搅拌着鸡蛋和面粉。她几乎是带着歉意对拉比哈笑着说道 :

“我也不知道这个‘赞面摊’会成什么样，我担心它煮不熟。”

拉比哈不好意思地说 :“您干吗为我这么费事呢? ……”

“我的孩子，一点儿也不费事……”

她拿起一个胡椒盒，往锅里撒了一点儿胡椒面，又添了两匙奶油，重新搅拌起来。

拉比哈看着大娘做饭。这种可口的饭他是很少吃的，从锅里散发出的奶油香味直往鼻子里灌。他惆怅的心情消失了，心胸也豁然开朗。炊火吱吱的响声听起来是那么悦耳。大娘尽管身体虚弱，但还是喜形于色，举止轻快。她穿着一件褪了色的蓝袍子，肩上披着一条毛织的披肩，用银扣子扣在胸前，头上盖着许多头巾！由一块浅黑色的缠头布缠着。这样一来她的脸就像藏在这一堆头巾里了，几乎一点儿也看不出来；她两条裸露的胳膊瘦得皮包骨头，像两根细木棍，拉比哈一见大娘的胳膊，便触景生情，想起奈菲赛白净漂亮的胳膊来。往事的回忆使他心里很悲伤，顿时，他的额头上起了一道道的皱纹。他仿佛要自己想开些，便自言自语道："她长得那么白净，那是因为她过着优裕的生活。"

不过，这句心里话并没有说出他的伤心之处。他只是想自我安慰一下，可是，那也只是在自欺欺人！这句话并没有表达他对自己、对奈菲赛的真正看法。毫无疑问，奈菲赛是一位漂亮的姑娘，她的父亲是一位有钱人，因为她父亲富有，她才在众人面前成了可望而不可即的人物。尤其在拉比哈眼里，更是一位高不可攀的姑娘。拉比哈见识不广，但就这点儿见识也使他明白他和姑娘之间存在着阶级差别。他不明白的是，她为什么冲着他微笑，最后又把他骂走，他一生中从来没有听到过这样的骂声："你这个臭羊倌，给我滚出去！"也许骂人是一种社会现象，与人的气质分不开，或者说是一种无法避免的真正的弊病。这就是拉比哈在感情上觉得十分痛苦的原因。

他继续自言自语着："也许在城里长大的姑娘跟这儿的姑娘不一样。城里姑娘对陌生男人微笑竟是没有什么意思的！也许那是由于她们幼稚不懂事，因此，说话时只知道笑，发怒时只知道破口大骂。'臭'，什么叫臭？是指我身上有臭味呢，还是指我的衣服褴褛肮脏，或者是我穷，不能跟她平起平坐、相提并论？我的衣服跟别的羊倌没什么两样，要说有味，那就是羊膻味了。羊吗，总有膻味，而且那是她父亲的羊，又不是我的羊。为了这些羊，我忍受了严寒和烈日的煎熬。她骂我‘臭羊倌’，无疑不是指真正的、讨厌的羊膻味，她应该说‘穷羊倌’。她说‘臭羊倌’，我现在才明白是指什么了。毫无疑问，她是指我的穷困。因为她没有说‘人’这个字，而是说了‘羊倌’这个词。仿佛只有羊倌才是脏的。无疑，她把羊倌比作是动物，如狗、狼、鬣狗之类，不把他当成人。可是，她是什么呢？她是一条母狗，是狗崽子。谁跟她说话，她都会笑，我起先又没有对她笑，我也没有想她，是她先笑的，婊子，她还骂我……”

顿时，他又火冒三丈，气得全身颤抖。突然，他听到了大娘的问话：“拉比哈，你母亲好吗？我已经好久没有看到她了……”

大娘的问话使拉比哈从颓唐的思绪中清醒过来。他刚才差不多把眼前的一切都忘了。他用一种刚从噩梦中惊醒的声调回答说：“她，还可以，她，她……”

大娘的手停了下来，不再搅拌面粉了。她把头向前伸了一下，往事又浮现在她脑海里，她说：

“对我来说，你的母亲就是一个孩子。她是在我跟亡夫结婚整整两年之后才出生的……”

忽然，拉比哈觉得十分需要了解他一直不知道的父母的事情，他一下子对此产生了迫切的愿望。以前，他从来没有打算了解自己父母的情况。对此，他自己也疑惑不解：“二十二年过去了，我一点儿也不想了解自己的身世，也一点儿不想知道自己的父亲是谁！好像我不是人。母亲是一个哑巴，但是村里人不全都是哑巴，他们每个人都能告诉我一些事。拉赫玛大娘比别人更了解我，我也了解她，但是我不曾问过她关于我父亲的事。每当她要张口跟我谈父母的时候，我就觉得很尴尬，很为难，好像我有一个哑巴母亲应该感到羞愧，我多么愚蠢哪！”

这些想法刹那间闪过他的脑海。他问大娘："拉赫玛大娘，我母亲是一个哑巴，那我父亲怎么会娶她呢？"

大娘以斥责的口吻回答道："难道哑巴就不能活在世上？拉比哈，你怎么啦？我的孩子，哑巴不是一种耻辱。有些人还情愿装聋作哑呢。你母亲虽是一个哑巴，但也没有妨碍她生下你来，也没有妨碍她使你父亲幸福。她是爱你父亲的，你父亲也爱她。直到现在你母亲还在想念着他！你哪一天见你母亲笑过？她是忠于你父亲的。她为失去丈夫而终生感到痛苦。拉比哈，你的母亲原来长得很漂亮，不像现在这个样子。她在同一代人中间，说得上是最漂亮的姑娘。她生下来的时候并不是哑巴，而是后来得了'塔拉凯风'（斑疹伤寒病）才成了哑巴的。在一个大旱之年，全村疾病四起，瘟疫流行，只有少数人逃脱了这场灾难。一连三个月，我们只知道送葬！后来，人死的实在太多了，人们也变得麻木不仁了，死了人也就不哭了。噢，我的孩子……这种病夺走了多少小伙子和漂亮姑娘的生命啊！一个个家庭都给毁了，连做饭的人也没有了。据我所知，那年死的人有战争年代死的人那么多。从那时候起你母亲就成了哑巴……他们为她四处奔走，写信求医、给她祈祷，还带她去"萨利赫"温泉治疗，可是这一切都徒劳无功。在那苦难的年头里，她的父母亲也相继去世，她便成了孤儿。要说说那年的天灾人祸，真是几天几夜都说不完……我的孩子，你的母亲当年是一位漂亮、聪颖、活泼的姑娘……"

大娘给拉比哈讲述着三十多年前那一次灾难中村里的旧事。她边讲眼睛边在一些旧陶器上转来转去，这些陶器就是村里生活以及她度过的岁月的见证！拉比哈的双眼全神贯注地观察着大娘的神态，大娘在叙述关于他家里人以及这个村子历史中的人和事时，常常持有一种肯定或否定的态度。拉比哈似乎想更多地了解一些村中的事情，这个村是他诞生和成长的地方，他只了解由这个村的小天地所构成的一幅反复出现的、一成不变的图画。土地不管肥沃还是贫瘠，如果没有人又有什么用呢？拉比哈一点儿也不了解他生活着的这个村的真正主人……大娘的话，使他想起加迪一天到晚跟他谈的尽是羊、牧场、狼和雾的情景。他早晨赶着羊出去，晚上赶着羊回来，每天差不多只和加迪早晚见面，他的生活只和加迪分不开！

大娘把锅从火上移开，然后站起身来，走到一个黑魆魆的墙角，拿了两个陶器，一个是旧的大盘子，另一个是新的小盘子——它从炉中取出后上过釉，所以显得很光亮。她把盘子送到拉比哈跟前，说道：

"你瞧……这幅画画的就是那大旱之年的情景。你看到了吗？这是没有结穗的光秃秃的麦秆。这个图案，画的就是'塔拉凯风'（斑疹伤寒病）。你看，这是长着利爪的毒日头。我的孩子，这种病就是意味着死亡，它毁了我们许多家庭……"

这些画都是她用特制的黑色颜料画成的，尽管器皿已经陈旧，用了很久，但却没有褪色。拉比哈专心地琢磨着大娘给他揭示的这些画的奥秘和寓意，感到惊奇。他发现有一个图案，画的像一个筛架或者说像一个鼓圈，中间还画着一把镰刀那样形状的东西。他用手指着画，问道：

"大娘，这是什么？"

大娘仔细看了这一图案后，嗟叹道："我的孩子，还是讲那一年好人哈吉为村里献脑袋的事……"

拉比哈情不自禁地打断大娘的话，诧异地问道："献脑袋，大娘，这是怎么回事啊？"

"那年二、三月，一直到四月初，一滴雨也没有下，庄稼和牲畜都缺水啊！虽说是春天了，却是赤日炎炎，地上寸草不生。按照习俗，巫师们打算跳神求雨。他们备了面包、奶油和素油，做好蜜糕，开始伴随着笛声、按着鼓点跳了起来。人人愁容满面、心情压抑、忐忑不安，心里默默祷告着，祈求安拉降雨。修士们也跳啊、喊呀、哭着求神降雨。可是，雨仍然没有下，快到中午的时候，哈吉·哈穆达（安拉怜悯他！）来到举行求雨仪式的地方，他只有在大灾大难时才参加这种仪式。他也跳起来，痛哭着、呼唤着安拉的使者们的名字，挨个地祈求他们。可是，雨仍然没有下。他继续跳呀、哭呀。同时，他执意要来许多镰刀，一把一把的用舌头舔，镰刀被唾液涂白了，有人还说他因为舔刀，舌头都快被割掉了。可是，雨仍然没有下。他仰望着天空，环顾着周围一张张面孔。人们的眼光都集中盯着他。他号啕恸哭，把手中的镰刀扔掉，光着脑袋，对在场的人说：'如果在这四月里，还不下雨，庄稼不返青，牛羊不产奶，人心不安定，我就把脑袋献出来。'他扯开嗓子喊道：'使者啊，为我做证，先知们啊，为我做证吧！在场的人与不在场的人都为我做证吧！我为了众人能继续活下去，为了众人不掉脑袋，为了赶快降雨，我愿献出我的脑袋！你们通通给我做证吧！为了众人，我献出自己的生命！'说完，他就从人堆里走出去了。人们为他痛哭流涕。从那天起，就没有一个人再看到他……五月里的一天，在一个水潭里找到了他的尸体。就在那个星期，倾盆大雨从天而降，日夜不停地下着，我们还以为天老爷要把所有的雨水都倾泻在这块地上呢。人、家畜都恢复了生气，青草也长起来了。这时，春天已经消逝，夏季随之而来。人们顿时松了口气。但是他们的心却是悲痛忧伤的，因为他们失去了为众乡亲献出脑袋的哈吉·哈穆达！唉，我的孩子，他是一位与众不同的男子汉大丈夫！……"

拉比哈感到惊愕，他以前从来没听说过这个悲壮的故事。他难过地暗暗想道：

"我真是的，什么也不知道。我不知道自己的生活，也不知道别人的生活。我和羊群待在一起，成了羊群的一员，我跟羊有什么区别呢？我像一只节日里的公羊，不知道是被当作祭品呢，还是被放生？奈菲赛一笑，我以为全世界都在笑，她把我赶走，我就觉得世人都会为我的悲痛而难过。我多么傻，多么愚蠢啊！”

大娘继续嘀嘀咕咕地说着：“我的孩子，这些人都已经不在了。现在举行那种仪式时，我们只能听到一些驴叫声和下流话了。”

锅放在地上，只等大娘伸手去拿。滚烫的锅已经凉了，锅内也不吱吱作响了。大娘在讲完往事后，默默地沉思着。待了一会儿，她看着手中那个旧盆的外形和图案，然后把它放在一边，说道：“我唠唠叨叨给你讲得太多了，你一定饿了吧。”

拉比哈否认道：“不，大娘，我不饿！”

大娘说：“反正‘赞面摊’已经熟了，我想你一定会喜欢吃的。”

她又舀了两匙奶油放到锅里，稍微搅拌了一下，然后拿起那个小盘子，把做好的食品放入盘内递给拉比哈吃。又说道：

“如果你觉得不太咸的话，盐就在你面前。这一盘全是你的。”

拉比哈问：“大娘，您呢，您怎么不吃？”

大娘说：“吃吧，你别管我，锅里还有一半呢。”

拉比哈吃着这种老百姓称为“阿西达”或“赞面摊”的食物，感到脑袋沉甸甸的，好像在发晕，这是因为昨天一整夜都没有睡觉的缘故。他本来喜欢吃这种食物；但是心事重重使他的食欲减退了，他只吃了平时饭量的一半就不吃了。本来他还想问大娘许多关于他父亲、奈菲赛家里人和奈菲赛本人的事。可是，吃着饭，头越来越沉。他想，还是先回家吧，这些问题暂时搁在心里，待以后有机会再问。大娘发现他疲惫不堪的样子，就问道：

“拉比哈，你怎么啦，我想，你不会生病了吧？”

“不，我没有病，只觉得困……”

“也许你不爱吃油腻的食物？”

“不，没有什么，只是昨天一夜没睡……我该回家睡一会儿了。”

大娘犹豫了一会儿，想打听他来这儿的原因。她已忘记了是拉比哈把她从昏倒的地方背回家的。她说：

“拉比哈，今天你怎么没有放羊？”

“没有……”

“也许你到我这儿来有什么事，不好意思开口吧？”

“没什么事。您刚才晕倒在地，我就把您背回家了。”

这时，她才想起摔倒一事，便说道：

“哎呀，我已经把刚才的事忘得一干二净了。我的孩子，现在我变得什么都容易忘：好事、坏事，我都容易忘记。”她又接着问道，“拉比哈，跟我说，今天你为什么不去放羊，是不是跟加迪吵架了？”

“不，我没有同他吵。可是……”

他还没有来得及把话说完，大娘就接过话茬儿：

“照加迪的脾气来说，他是不会跟别人争吵的，除非发生了什么新的情况……”

拉比哈局促不安地说：“我们没有吵架。只是我，……决定要换工作。”

大娘感到非常惊奇：“换工作？也就是说，你不放羊了？”

“是的，我不放羊了……”

“拉比哈，你在做出决定之前，要仔细地想一想。要是没有工作，你要吃苦的，你母亲也会跟着受罪。”

“大娘，我想过了，我决定不当羊倌了。这不是一种职业，我不想一辈子跟羊群混在一起。”

第五章

哈伊拉吃惊地问儿子：

“你看见她病了，躺在床上?”

加迪尔肯定地回答：

“是的。她病得很厉害，一个人怪可怜的，连个给她端水的人也没有!”

哈伊拉听儿子叙述了拉赫玛大娘的病情后，感到一阵心酸，说道：“准是病重了，这些天，她一直没有来。真可怜!”接着她又问儿子：“她对你吩咐了些什么? 她能吃东西吗?”

“她说，希望有人给马立克捎个口信请他来。我想，这可能是她一时的胡话。可不一会儿，她又说话了。什么坟墓呀，淌着咖啡的泉水呀，还有什么好像星星一样的陶器呀……有时她还说什么一个大空罐，里面装的水，是做新陶器时用的。还说了些乱七八糟的话。”

“你马上到镇上去，你父亲在咖啡店里，你跟他说，拉赫玛大娘病得很厉害，她要你赶快把马立克乡长找来! 告诉你父亲，叫他赶快回来……你快去!”

儿子听了母亲的吩咐，去找父亲了。哈伊拉开始准备要带到病人家里去的面粉、黄油、辣椒和腌肉。

拉赫玛大娘自从那次连人带筐摔了一跤以后，身体每况愈下，越来越糟了。但是她自己却并不注意。她以为自己还能继续干那个没完没了的活计。就这样，土用完了，她又像往常一样，到那挖土的地方，背回了做陶器的泥土。回到家里的时候，已经精疲力竭，脑袋沉甸甸的了。她走到院子里，取来芦苇做的旧垫子，把它摊在树荫底下，躺倒就睡着了。由于晒太阳的时间太长，她醒过来的时候，感到身子火烧火燎的。她支撑着站了起来，步履蹒跚，全身的骨架似乎都松散了，没一点儿力气。她强打精神走进屋子，坐在炉前捡了几根柴火，扔在炉子里。又去拿搁在炉子旁被烟火熏黑的支锅架上的那盒火柴，摇了摇，发现里面是空的。她想也许会像有的时候那样，有一根火柴贴在火柴盒边上。她打开了火柴盒，可是这次委实是空空如也，于是赌气地把火柴盒扔掉了。她费了很大的力气站了起来，步履艰难地朝着那只放着她所有家当和记载着她以往岁月的黑木箱走去。这是她当新娘子那天，她父亲给她买的。那时候，她有父亲，也有丈夫。箱子是绿色的，很漂亮，上面有烫金的玫瑰花和游鱼的图案，还画着许多圆圈。那时候,大娘还是一位情窦初开的姑娘,高高的乳房,含笑的樱桃小嘴,充满着幻想与希望的眼睛和清脆甜润的嗓音。而现在，她已经是老态龙钟了，哪里还有俊俏秀丽的姑娘的痕迹。而那只漂亮精致的绿木箱，也变成了破破烂烂的黑木箱。

她打开箱子，翻遍了箱子的每个角落，还是没有找到一根火柴。她神色沮丧。

“这是安拉的前定！咖啡喝不成了……”

她想去看看晒在院子里的陶土，因为陶土晒干后比较容易研碎。但是她再也迈不动步子了，她觉得身体越来越沉，仿佛不是属于自己的了，而背上系着土筐的绳子，却紧紧地勒着她！她坐在地上，想歇一会儿后会喘过气来的，可还是不舒服，只觉得脑袋如同顶着土筐似的，越来越沉！

“这就是病！”她喃喃自语，“我站也站不住，坐也坐不住，只好躺在床上了。”她的床铺就是一条破席子，一个塞满破布的枕头。

她向右侧着身子，弓着腰蜷缩着躺在席子上。她的脸冲着大门，对着太阳升起的地方，合上了眼睛。她似睡非睡，蒙蒙眬眬，神思恍惚。忽然，一阵亲切而悦耳的声音，隐隐约约地传到她耳边，那是水开的沸腾声！接着，浓郁诱人的咖啡香味也钻入她的鼻孔。这股香味慢慢地飘散开去，充满了整个屋子！然而又不知道怎么搞的，这亲切而悦耳的沸腾声，又变成了潺潺的流水声。一会儿又变成了另外一幅图画：古树参天，树影婆娑，浓荫覆地。树荫里，有许多小溪；小溪里流的不是水，而是咖啡！小溪里流淌着滚热的咖啡，这里的生活多甜美！大娘沿着逶迤的小溪走啊走，一直走到一个花园的尽头，她望见那儿有一个大水池，一个灌满咖啡的水池！猝然，她发觉自己在这池子里游起泳来……可这一瞬间，她又想起自己不会游泳，而水池却变得越来越大，越来越深……她产生了临危的感觉：她快要在咖啡池里溺死了！她声嘶力竭地喊啊，叫啊，但这喊叫根本没有出声，而是消失在干渴的喉咙里！她再喊哪，叫哪……可还是出不了声，喉咙好像被干草堵住了！啊，人生是多么荒唐可笑！我们热爱生活，死神却偏偏来到我们身旁！

拉赫玛大娘处在幻觉中，她不仅感到自己沉浸在咖啡池里，而且连那些花园、太阳、苍穹和大地，还有那些陶土的泥坑，都在她沉溺的一瞬间，被淹没了！

在水池的深处，在那万丈深渊中，大娘看不到咖啡，也见不着水，更没有同她一起沉没的一切，而只是一派赤日炙人，火烧似的景象！

她觉得烈火在五脏六腑中燃烧，这种干渴根本不像平常生活中感到的干渴！她昏厥了，但还没有失去知觉……

大娘在床上蠕动了一下身子，睁开眼睛，觉得嗓子像纸片一样干燥，嘴巴里又苦又涩，像嚼了夹竹桃叶一样。她明白了，自己由于发高烧在说胡话，而夙愿也变成了美梦，最终又变成了干渴！

怎样才能滋润大娘焦枯的心田？她病成这个样子，怎么能走到挂在院子里的盛水皮袋前？舌头转不动了，她又如何诉说这干渴的苦处？她浑身上下动弹不得，只有在心灵中诉怨诉苦，呼叫呐喊，但心灵中的喊叫声又是听不见的！

如果老迈与疾病交加，那么，孤独便是一种至极的痛苦！

“渴，渴，渴！”

焦渴使人忘却了孤独。

“热，热，热！”

一个人在痛苦的时刻才能懂得生活的真谛！

“安拉啊，我真苦啊！”

祈求十全十美的生活是多么难啊！

拉赫玛大娘痛苦地呻吟着，干渴、发烧、老迈和孤独是从来不发慈悲的。它们不会让她真正昏厥过去，而忘却自己将被送进火狱；它们也不会让她就此了结生命……

梦呓同样不怜悯人。大娘在幻觉中没有看见清澈见底的泉水，而只觉得她的家倏地变成了一个大熔炉。熊熊的火焰，直冲云霄。在幻觉中，她仿佛觉得自己变成了一个她亲手做的罐子，在熊熊燃烧的火炉中烧炼！

“我是一个罐子，我是陶器，谁愿意买我呢？……我是所有陶器中最好的一个。陶器不会说话，我会说话……谁肯买我呢？我是一个罐子，可以装水、盛饭、插花……你们看，烈火正把我吞噬！……炉火把我烧炼得更加绚丽多彩！我是一个罐子，装水、盛饭、插花……你们不是罐子，你们还是土坯。你们不像我这样磨得光彩夺目，你们也不像我这样在炉火中熔炼……你们瞧，你们能像我这样在炉火中活着吗？不！你们比不上我，你们还是土坯。你们不晓得渴，也不晓得热；你们不理解老迈与孤独，也不知道什么是发烧。……我是装水、盛饭和插花的罐子……谁买我呀？”

加迪尔刚刚从家中回来，就发现大娘不省人事了。如果不是母亲吩咐他留在这儿，她马上就来的话，他一定立刻逃出去了。因为此时大娘的样子，实在使他感到害怕。他担心大娘在母亲和姐姐来到之前就会死去。他大声地喊道：

“拉赫玛大娘，拉赫玛大娘！”

可是大娘还是在说胡话，根本没有听到什么喊叫声。加迪尔茫然不知所措……

过了一段时间，大娘慢慢地安静了，神志也逐渐清醒了。她睁开眼睛，瞧见加迪尔坐在身旁，就对他微微笑了笑。她用手指了指，上气不接下气地咕哝着，叫他拿水来。加迪尔端来水，让她喝，但是大部分都淌到胸脯上、脖子里了，灌进喉咙的只是一点儿。

加迪尔见到大娘苏醒了，很高兴。赶紧对大娘说，他母亲和姐姐过一会儿就来陪她过夜，他父亲已托人将她的病情告诉了马立克。大娘听后，用微弱得几乎听不见的声音说：

“干吗去告诉他，打搅他呢？他的工作可太忙了。”

加迪尔告诉她，这是她自己要求的。大娘回答说：

“我的孩子，那时我在说胡话！”

加迪尔回答说：

“是的，那时您是在说胡话……可是，当您说起马立克的时候，您不像是在说胡话。”

“我的孩子，我记不清了。你说的是对的。”

大娘又合上了眼。尽管她竭力想跟加迪尔亲热些，同他聊聊天。可是，发烧的虚弱的身体使她无法动弹。

哈伊拉和女儿一进屋，就看见大娘神思恍惚，加迪尔坐在她身旁。要不是加迪尔显得镇定自若的话，她俩一定以为大娘已经死了！此时，大娘脸上没有一点儿血色，只是气息奄奄……

奈菲赛用手摸摸大娘的前额，发觉很烫手。她心里没了谱儿，不知怎样使她退烧。村子里没有医疗站，连阿司匹林也没有。她悲戚、郁悒地对弟弟说：

“这样下去，她会死的！”

加迪尔问：“那我们怎么办呢？”

“我也不知道……在这穷乡僻壤，连个医生也没有！”奈菲赛怏怏不乐地回答。

弟弟接着说：“在夏天，连校医也不会来的。”

哈伊拉从带来的提篮里取出一条裙子，替大娘换下了浸透汗水的长袍。又端来一盆水，给她洗了脸和手脚。并在屋里比较亮的地方，打了一个地铺。哈伊拉对女儿说：“来帮我一下……”

两人把大娘挪到新的地铺上，开始打扫房屋，整理桌椅，把七零八落放在地上的陶器收拾好。在这段时间里，大娘醒过一回，之后又昏迷过去了。

哈伊拉熬了一点儿鸡汤，想喂大娘一点儿，可是大娘已经不能进食了。随着时间的流逝，热度越来越高，她又说起了胡话……说来也奇怪，大娘在说胡话时比清醒时说话更有劲，口齿更清楚。

“我不是老太婆，……我不是老太婆！”

奈菲赛想跟她说几句话，母亲打手势告诉她，还是不说为妙。因为跟她说话会使她更劳累，奈菲赛也就不作声了。大娘又胡言乱语地说起来：

“我是一个又干又渴的女孩，我没有水来做星星！我丈夫知道这一点，他也通情达理……你们到坟地去，我丈夫在那儿，在老坟地。他的墓上放满了陶器，他懂道理……我是一个姑娘……太阳就是像我这样的一位姑娘，太阳是老太婆吗？这土已经不适合做新陶器了。最好是别下雨，别把死尸泡在水里！你们看见坟墓了吗？坟墓全都毁了，黄色的飞机不是罐子，不能盛水、装麦子，是我给马立克包扎伤口的。我不喜欢黄色的飞机……我是罐子……你们看着我，我是怎样在这炉火中烧炼的！你们瞧……我在闪闪发光，并不在燃烧！”

* * *

给马立克送大娘病危消息的人，黄昏时分才到达中央村。他告诉马立克，大娘病情危险，看来夜里会更恶化……

这消息使马立克感到十分悲痛，他痛苦地想道：“我知道，她离这一天不远了……”

马立克开着乡公所的小汽车，朝村子奔驰而来。可是大娘家跟大多数农村住宅一样，坐落在山坡上，没有直通她家的公路。马立克只好把车子停在路旁，徒步朝大娘家走来。在茫茫夜色中，大娘的房子，就像一座庙，孤零零地坐落在小山丘上。

马立克走进大娘家大门口的时候，听到屋子里有说话声，知道还有其他人在这里。他敲了敲门，加迪尔走了出来。他见马立克来了，赶紧回屋告诉母亲，是马立克来了。母亲高兴地连声说道：

“请他进来，请他进来。”

以前的岳母在这里，马立克感到不自在，但他还是毫不迟疑地进了屋，因为他来这里最主要的是为了看大娘。

哈伊拉没有一点儿客套、做作，而是真心实意地欢迎马立克的到来。她觉得在大娘快要咽气的时候，非常需要有一个男人在场帮忙。如果气息奄奄的大娘在这一夜去世的话，她真不知道该怎么办才好。她拥抱了马立克之后，说：

“我的孩子，你看见了吗？拉赫玛大娘病成这个样子，真可怜哪！”

奈菲赛一直坐在大娘身旁，没有动。她竭力控制着自己，想装得对马立克的来到若无其事，既不尴尬，也不高兴。说实在的，她并不喜欢马立克待在这里，但马立克的举止却减轻了她的戒心。马立克跟她母亲打招呼以后，朝她微微点了点头致意，又轻轻拍了拍加迪尔的肩膀。然后全神贯注地端详着昏迷不醒的大娘。他在大娘身旁坐下，心想：“她在这种高烧的火炉中，只能化为灰烬了！”

马立克默不作声，紧锁着双眉，由于悲伤、忧郁而显得很憔悴。他忘却了自己，也忘却了周围的人。他看着大娘，看着这昏暗的屋子，看着地上的瓶瓶罐罐，黑色的木箱和屋子里的全部家当，往事浮上了心头。在革命年代里，他负伤后就是在这间大娘睡觉的屋子里度过了漫长的日日夜夜……

* * *

病倒在床上的拉赫玛大娘渐渐地在马立克眼前消失了，这屋子里所有的东西也慢慢地在他眼前消失了，连这里所有的人——坐在大娘身旁的哈伊拉、奈菲赛和加迪尔也全在他眼前消失了……他又回忆起那遥远的过去。那时，拉赫玛大娘的身体很健壮，而他却负了伤，昏昏沉沉地睡在这里。

马立克看见大娘拿着一根铁制的拨火棍在炉子里鼓捣着。然后又问他的伤势：“现在你觉得伤口怎么样？”

“比早上要好一些。”

“我该把锦葵熬一下，好给你换一下左臂伤口上的绷带。右手吗？我就不去动它了。你的战友是这么吩咐的，对不对？”

“对。”

马立克觉得寒风刺骨，浑身上下冷得直打哆嗦，牙齿咬得咯咯作响。大娘看见这般情景，便用手摸摸他的额头，发现他烧得挺厉害，便说：

“这是疟疾。”

马立克病恹恹地说：“我想……我觉得很乏……”

“这是疟疾，不久就会好的。你的伤不像你想象的那么厉害。”大娘安慰着他，“待你伤口愈合了，身体养得棒棒的，再能离开大娘的家。我拿出了一点儿积蓄，买了一些柴火和麦子，足够过冬了。”

说完话，她又走近炉灶，拿起拨火棍拨弄着火。她看见火苗开始变弱了，便自言自语地说，“该添一些柴啦，夜里实在太冷了。”

她慢腾腾地站了起来，拖着疲惫的步子，朝门边的柴堆走去，老远就可以听到她呼哧呼哧的喘气声。她打开了大门，望见大地披上了银装，白雪皑皑，一望无际。天空阴沉沉地紧贴着地面，又飘起鹅毛大雪。她若有所思地凝视了一会儿，用颤抖的双手关上了大门。她的动作是那样的迟钝、费劲！这大门是用几块破木板、几个生锈的旧钉子做成的。每块板之间有很大的隙缝，手都可以伸进去，更别说呼啸着的寒风了！她朝柴堆走去，在柴堆中抽了几根柴火和几块木板，慢慢地挪动着脚步，哆哆嗦嗦地朝炉灶走来。在她胸前，一双瘦骨嶙峋的手，紧紧地抱着柴火，她对马立克说：

“地上全白啦！”

可是，马立克没有回答，他已经被高烧折腾得昏迷过去了，对周围的一切都毫无知觉。她将柴火搁在炉灶旁，拿起拨火棍，又拨弄起来。她掏出炉灰,往炉灶里塞了一些松树枝,又搁上一根粗粗的橡树干。

炉灶就是在屋角里的地上挖的一个小土坑。在炉灶旁，有三个支锅架，倒还干净，没有被烟熏黑。有一个支锅架上，放着一盏用罐头瓶做的灯，第二次世界大战后这种灯流行于阿尔及利亚。灯芯发出一缕带黄色的红光，映出大娘那张像深秋的无花果树叶子一样深黄色的脸。脸上一道道的皱纹象征着她过去的几十年并不是在荣华富贵的生活中度过的；她那双疲惫的眼睛紧盯着炉火，流露出悲惨忧郁的神色；大娘头上盖着一条邋邋遢遢的棉布头巾，上面紧紧地系着一块细洋布的头巾。白色的头巾被浓烟熏得已经发黄了；她肩上披着一条毛织的披肩，由一个新月形的银扣，紧紧地扣在胸前；她上身只穿着一件袍子，破旧得已经难以辨别是什么颜色了，好像是一块破布，它随着炉子的火光和灯光的闪烁，变更着颜色，一会儿是黑色，一会儿是枣色，再过一会儿是蓝色。

大娘十分细心地照料着炉子。她不时地拨弄着炉火，敲掉柴火上的灰烬，把柴堆在一起燃烧，冒出红彤彤的火苗。火苗欢笑着，散发出热量，传递着温暖。大娘身上的寒意立即被驱逐，她不再打寒噤了。屋子里开始洋溢起温暖的气氛，笼罩在屋子里的沉寂也消失了；屋子角落里回响着这小小的炉子里连续不断发出来的微弱而柔和的噼啪声；屋顶上的积雪，被热气慢慢地融化了，变成泪水一般清澈的水珠，顺着屋檐滴滴答答地落在地上，奏出悦耳的乐曲，大娘听着这声音，心中充满了欢乐和希望。

随着时间的流逝，这乐曲越来越响，越来越柔和，整个屋子里的东西，陶器、柴火、麦子和家具，还有房顶上的积雪、砖瓦和泥土，同这乐曲交织成一幅绚丽多彩的图画。这幅图画的背景是白雪和大风，主题就是这位受伤的战士，发烧使他飘向梦幻般的世界……

马立克在高烧中急促地喊叫着：

“热！热！”

大娘以为他喜欢屋子里的热气，却不知道他是在说胡话。她欣慰地说：

“我的孩子，火炉给咱们家带来了温暖和热量！”

接着，她又自言自语地说：“火啊，火！……要是没有火，我连一个陶器也做不成啦！”

她抬起头，目光寻找着散乱地放在屋子里的陶器。但是，肉眼对心灵中的视觉来说，算不得什么。大娘是凭着所有细微的感觉来察觉这一个个杯子、盘子、沙锅，彩绘的和没有彩绘的、雕刻的和没有雕刻的各种各样的陶器的。她的过去一直是在制作陶器中度过的。她算得上一位艺术家。她的这门手艺是在漫长的岁月里练就的，是在她一生勤勤恳恳的劳动中掌握的；这门手艺也是她的家传艺术——她母亲也是一个制作陶器的妇女。当然，手艺传到她的手里后，她孜孜不倦、精益求精，使陶器艺术又提高了一步。她为做一个陶器，总是全力以赴，倾注所有的爱。她在陶器上绘上了周围发生的一切，倾吐了自己的衷情。她用笔直的、弯弯曲曲的、平行的或者犬牙交错的线条描绘了美观大方的图案，展示了往事沧桑，而人们却无法理解这些图案的寓意。大娘并不在意这些，反正她不是历史学家，只是制陶匠。她制作的陶器即使不能让人们回忆起经历过的蹉跎岁月，但只要他们在吃饭、喝水时能用得上它就行了。

大娘取来了一些锦葵，把叶子扒下来，梗儿扔在一边。她对马立克说：

“锦葵可以消肿、消毒，也不会使伤口发炎。”

可是马立克没有答话。大娘以为他没听见，便喊道：

“马立克，马立克！”

马立克迷迷糊糊地从昏迷中苏醒过来，还在说着胡话：

“我快被烟熏死了！”

大娘诧异地问道：

“我的孩子，这儿没有烟哪！火炉像玫瑰花一般地发红，哪儿来的烟？”

马立克怒气冲冲地说：

“飞机的烟雾，飞机的烟雾！我什么也看不见，我的胳膊……我是被打中了……小孩在喊叫……你们赶快去救他……快去！别让火烧着他！……”

大娘这才知道他还在说胡话，她急忙站了起来，跑到马立克跟前，弯下腰，十分慈爱地对他说：

“马立克，马立克，我的孩子，你怎么啦？你还在发烧，我还以为你好些了呢！

可是马立克没有听见大娘的说话声，因为大娘的声音已被他幻觉中的一阵阵喊叫声和喧闹声淹没了。他还没有清醒过来，仍然在说胡话：

“要紧的是把小孩从火里救出来……我的伤现在不要紧。”

大娘想叫醒马立克，她和蔼亲切地说：

“马立克，……这里没有小孩，也没有火。我的孩子，你在大娘家里……就咱们俩，你安静点儿……”

大娘把手按在马立克的前额，只觉得烫手，她把被子稍微掀开了点儿，又急急忙忙走到门口，打开门，用手捧了一把雪，放在马立克的前额上，她用手按着雪，不让雪从额上滑下来。可是一会儿工夫，雪就化成了一滩水，淌到他面颊上，流进他的脖子里。她赶紧又去抓一把雪，搁在马立克的前额，一会儿雪又化了。马立克迷迷糊糊地觉得有几滴水流到他的脊背上，他似醒非醒地说：

“我脖子上、脊背上湿漉漉的东西不知是从哪儿来的！我快渴死了，可水却流到了我的脖子上！”

大娘对他说：“这是雪，我把它搁在你的前额上，它化了！”

“沙漠里的雪？”他揶揄着，“你莫非看错了，这是些沙子！这里从来不下雪！告诉我，你是谁？”

大娘惊愕而焦虑地答道：

“马立克，是我！……我是拉赫玛大娘……我的孩子，你在我身边！……你烧成这个样子……别怕，我给你换换绷带，一会儿烧会退的。我已经给你弄来了锦葵。”

马立克安静下来了，好像恢复了知觉。他的眼睛不再是那样直愣愣地瞪着，也不再是睥睨一切，而是看着炉子。但是，他把大娘刚刚添上柴火燃烧起来的熊熊炉火，看成是B–26飞机射出的炮火……他仿佛仍跟战友在一起，他大声警告着他们：

“咱们赶快离开这儿，这儿马上要爆炸了！”

马立克的喊声使大娘惊慌，她左顾右盼寻找着，似乎想瞧瞧这将要爆炸的东西究竟在哪里。但是，这儿什么也没有，那是马立克在说胡话，指飞机扔下的炸弹将要在他和战友们中间爆炸……

大娘端来锦葵熬的汤水，给马立克洗了洗胳膊，又取来一块棉布，拿来几片锦葵叶，挤干了水，搁在油里浸了浸，轻轻地敷在马立克的伤口上。她问马立克：

“你觉得疼吗？”

马立克的烧开始退了，他恢复了知觉。但浑身的骨头像散了架似的。他艰难地回答说：

“不。”

大娘说：“现在你可以放心了，你的伤口会好的，锦葵是消肿化脓的良药。咱们这里有人用大葱治伤口，可我讨厌那大葱味。”

大娘站起来，搬来一些陶器的土坯，用一块光溜溜的小石片在土坯上精雕细刻起来。这时，她忘记自己，忘记了门外的皑皑白雪，也忘记了时间和空间，她的双手机械地运动着，一只手抓住小石片，另一只手抓着土坯，不停地雕刻着……

马立克在清醒的时候，那列被地雷炸毁的客车的影子，老是在他的脑海里出现，遇难者中还有他的未婚妻宰莉哈……

* * *

马立克默不作声地沉浸在往事回忆之中的时候，忽然大娘说起胡话来了：

“陶器不能做陶器！谁来做新陶器？坟墓渴了，谁去浇水？炉火正红……飞机上的炮火不像炉火……飞机，乌鸦不是瓶瓶罐罐……你的伤我会治……马立克，你别害怕，我会医治伤员，就像我会做陶器一样……在坟墓里，我将要变成泥土，可以做成各种陶器……”

大娘沉默了片刻，又说起胡话来了。她睁开惺忪的双眼，惊慌失措地把手伸给了马立克，说道：

“河谷、河谷，在河谷里流着火……所有的陶器都冲走了！马立克，你瞧，你瞧那些旧陶器！”

马立克悲伤地回答说：

“大娘，您安静点儿！你的那些陶器没有被水冲走！”

大娘转过脸，望着奈菲赛，说道：

“奈菲赛，我的好女儿……你瞧见月亮了吗？月亮都伤心了……河水冲走了陶器，连月亮也伤心了……”

奈菲赛安慰大娘说：

“大娘！陶器全在这儿，我给您收拾好了。您宽宽心，您在发烧，烧马上就会退的。”

大娘合上了双眼，高烧使她又昏厥过去了。

奈菲赛转向马立克，说：

“咱们就看着她这样吗？”

马立克回答说：

“我们能做些什么呢？她快咽气啦。”

奈菲赛愤然道：

“真惨哪！咱们简直生活在中世纪！”

马立克回答说：

“她年事已高，又病成这个样子，无法救活啦。”

奈菲赛愤愤不平地说：

“人一生下来，就听说死亡是不可避免的。人的一生中，永恒的希望就是死亡！”

大娘又喊叫起来：

“我不能做陶器了……我不能……我病了……”

马立克凑近她，轻声地呼唤着：

“拉赫玛大娘，拉赫玛大娘！”

可是大娘没有回答，她双眼紧闭着，上半身不时地抖动着，下半身已经僵硬了。

哈伊拉见此情景，赶紧端来一碗水，凑近大娘，往她嘴里灌了几滴，喊着：

“拉赫玛大娘！你起誓……除安拉外，绝无应受崇拜的；穆罕默德是安拉的使者！”

大娘睁开双眼，看着哈伊拉，又看了一眼奈菲赛，最后，她的目光盯着房顶，使尽最后一点儿力气：

“我没有忘记起誓！除安拉外，绝无应受崇拜的；穆罕默德是……”

她的话没说完，就口吐白沫，喉咙里发出一阵咯咯声。马立克肯定大娘是临终了，任何抢救办法都无济于事了。

屋子里的气氛沉闷，只有大娘嘴里发出的咯咯声，在这黑魆魆的屋子里忽高忽低地响着。

一会儿，大娘咽下了最后一口气……

马立克用眼泪表示了对大娘去世的悲哀，在他记忆中，这是他一生中第一次流泪！

奈菲赛吓蒙了，她没有趴在大娘身上痛哭，而是倒在地上；她母亲号啕恸哭着；弟弟加迪尔则目瞪口呆地看着马立克手腕上的表，指针已经走到深夜十二点了。

这时，死神已经使拉赫玛大娘失去了本来面庞，给了她一个人们都不认识的面庞！

第六章

晨曦从群山背后冉冉升起，咖啡店老板古维德尔大叔正在专心致志地一只一只地洗刷着咖啡杯和茶杯，显得从容不迫。大清早，顾客是不会来咖啡店的。那边，火炉的铁支架上，两只铜壶里的水咕嘟咕嘟地沸腾着；这边，洗刷杯具的声音叮当叮当响。这些声音交织在一起，使咖啡店的气氛富有音乐感。在这柔和的气氛中，古维德尔大叔感到一切都那么称心如意。他的生活一直与他的职业紧密连在一起，虽然日复一日地重复着相似的内容，但是随着时间的流逝总还是有些新鲜事出现。每天，他的生活总是从第一个顾客的到来开始，到送走最后一个顾客而告终。在他生活中所谓的新鲜内容，实际上是期待着生意兴隆。尽管古维德尔大叔心中每天都在揣摩、估计生意的情况，但是他在大清早还是无法估计这一天会有多少顾客光临。每天早晨，他总是乐观地抱着希望。可是，到了晚上，却总是另一番情景。生活没有新的变化，希望和运气也就不重要了。只有数字能说明一切，数字才是真正的东西，它精确地说明了他一整天来所做的一个又一个动作挣得了多少钱。从这些钱中，他知道了这一天卖了多少杯咖啡、多少杯茶。

他知道，这些钱才是真东西，而不是运气、希望，也不是不断更新的生活。倘若赚了钱，他便兴高采烈；否则，就悲观失望。

每天早晨，希望总是陪伴着他。有了希望，生活才不会枯燥无味，令人烦恼。现在，他正洗刷着咖啡杯和茶杯——岂止是在洗刷，简直是在同它们窃窃私语……是的，它们是一些实实在在的物体，既没有听觉，也没有感情。但是，他的双手几乎是每天早晨都在抚摩着它们，他的眼睛每时每刻都瞅着它们，他和它们形影不离地生活在一起，难道它们还是干巴巴的物体吗？不！这些杯子尽管外形相差无几，可是在古维德尔大叔看来，它们都有各自的特点。它们有的老态龙钟，有的正当壮年，也有的稚气十足。如果你知道古维德尔大叔的咖啡杯的平均年龄是十岁的话，那你就会懂得大叔同它们的交情了！古维德尔大叔洗刷咖啡杯，在某种程度上很像拉赫玛大娘雕刻陶器。大娘精雕细刻地打磨着陶器，大叔专心致志地洗刷着咖啡杯；他们都像做礼拜那样虔诚恭敬！他俩何止相似呢，许多经历简直是完全一样。拉赫玛大娘在她整个一生中，从来没有离开过这个村子，而古维德尔大叔从第一次世界大战回来后，一直住在这个村子里；大娘知道这村子在半个多世纪以来所发生的一切，而大叔对这村子二十世纪以来所发生的一切事情也了如指掌；两人不管是谁，都对村子里每个人的生活了解得一清二楚。当然，古维德尔大叔有一点是与众不同的，那就是与他同时代的人中，唯独他参加过第一次世界大战。若不是运气好，他也险些丧了命，他的脑袋曾被一块炮弹片擦破过。那时他守卫在后来成为举世闻名的马其诺防线[①]的那个地方……大战结束后，他获得了开一爿咖啡店的执照作为对他负伤的报酬。1920 年，这爿咖啡店开张

① 第二次世界大战前，法国为防备德国进攻，在瑞士到比利时的东部国境上所建筑的防御阵地。1929 年始建，1984 年基本建成，以陆军部长马其诺（1877—1982）的名字命名。

了，从此，他成了这爿咖啡店的老板。随后，爆发了第二次世界大战，进行了民族解放战争，最后国家独立了。大事一桩又一桩，他还是他，他的生活依然如故……

是啊，他参加过的战争是与他毫不相干的。可是，战争在他的头上留下了伤疤，他是战争的一个牺牲品。战争在他的心灵中，留下了不可磨灭的印象。当年欧洲是一片残垣断壁，因而他同情、怜悯每一个参加过战争的人，尤其是敬佩这样一些人——战争在他们肉体上留下了伤痕，而这些伤痕是岁月与和平都磨灭不了的。

* * *

雄鸡报晓声从四处响起，引来了一片欢乐的喧闹声，村子里开始显得生气勃勃。在这大清早，马立克拖着疲惫的双腿，走在通往古维德尔大叔咖啡店的路上。他要去报告乡亲们：拉赫玛大娘已经与世长辞了。此时，他悲痛欲绝，思绪万千，觉得黑暗笼罩了整个世界。他什么都不想思索了，不论是老百姓的状况，还是那些他起草的、已经提交给主管部门审批的关于改革的规划，他甚至连在民族解放军里当兵时就梦寐以求的土地改革，这时都顾不得考虑了……他走着，走着，缓慢的脚步声显得那么沉重、单调；他数着一、二、三……心里却在想："所有的规则，全部的希望以及一切的一切，宛如逝去的脚步都成了泡影，化为乌有。"他悲伤地自忖着："我的一生，别人的一生，以及年华岁月，也同这朝前走的脚步一样，新陈代谢……尔后还有什么呢？我能无休止地数我的脚步？一旦行进停止，脚步也就停止了，一、二、三的计算也就完结了，所有的数字都成了零！怪哉！这要是在以往，有人对我说，在理论上一可以等于零，我是不会相信的。可是，一只能等于零……甚至连拉赫玛大娘也等于零！开始是零，结束也是零，因为它是一种僵死的事实，或者犹如失去了光芒的太阳一样！……我去咖啡店告诉人们，是求得帮助吗？难道我一个人不能把大娘埋葬吗？我要等到白天去把她埋葬……我的苦楚需要谁来证明吗？像地上经常需要新肥料那样，死神也需要许多活人。尽管死是残酷的，但它绝不能夺走我心爱的人。在每个地方，我都跟死神做过斗争，我早已将生死置之度外了。死神虽然没有夺走我的生命，却夺走了我心爱的人……夺走了我的父母……夺走了宰莉哈。昨天夜里，又夺走了最后一个疼爱我的人。在革命的年月里，死固然痛苦，可是为了革命，我们宁愿去死，死是崇高的理想！为了某种事业去死与普普通通的死，那是两码事。平平淡淡地死，是摆在人们面前的一幅最丑恶的图画！……”

马立克内心处于激动不安之中，各种离奇怪诞的想法纷至沓来，黎明前的黑暗更使他愁肠百结。他到了咖啡店，看见古维德尔大叔正坐在一个铺着毯子的石凳上。他手里拿着一串念珠，面前放着一杯还没喝过的咖啡。他一见马立克，马上站了起来，向他问候致意。马立克来店使他感到惊异，以致他的烟盒也掉了下来，咖啡杯也打翻了。这些反常失误使大叔产生了不祥之感，他满腹狐疑地问道："马立克先生，早上好吧？"

马立克抑制着自己的感情，露出一丝微笑，向古维德尔大叔问候："大叔，您总是第一个看见这个村子黎明！您好吗？"

"年过七十的人啦，还好什么，我的孩子。请坐，今天一清早，咱俩就有幸在一起喝杯咖啡，就像在革命年代那样。"

咖啡店老板的身板还挺结实硬朗，一些不了解他的人难以相信他已经是个年逾古稀的老人。在革命的年月里，每当马立克来这个村的时候，他总是要来看看古维德尔大叔，如在拂晓时分，便跟他一起喝杯咖啡，询问一下乡里的情况，在顾客到来之前，就离去了。古维德尔大叔是个严守秘密的人，他守口如瓶，因此使他在多次灾难中幸免死亡，而有些人只因为贫嘴、啰唆，便遭到不幸。

马立克加重语气说："您的样子一点儿也没有变。尽管您已经是七十多岁高龄了，可还跟五十多岁的人一样！"

"哎哟！我的孩子，我已经老喽。我经历过好几代人了，我还参加过为你爹出生一周而举办的喜筵哩！愿安拉怜悯他！若是年龄能用高度衡量的话，那我的岁数和天一样高啦！"

"是啊，古维德尔大叔，人真正的岁数是无法用年月来衡量的。"

"你说得对，我的孩子。可是，年岁不饶人哪！"

古维德尔大叔准备好咖啡后，拿起一杯递给马立克，自己也端起一杯。他紧挨着马立克身边坐下了，看来他很想了解拉赫玛大娘的近况，因为他是知道马立克和大娘之间的关系的。他问马立克："你看见拉赫玛大娘了吗？"

"安拉保佑她，归真了！"

"大哉安拉！人们无能为力，只靠安拉！她什么时候去世的？"

"昨天，大约在半夜的时候。"

"无能为力，只靠安拉！她是一个好女人哪！"

他俩像是做祷告似的沉默了片刻。古维德尔大叔发出悲痛的叹息："可怜的人哪！"他拖长了腔调吟了两句诗：

土地啊，给了什么宝物，
桃子啊，使情人的容颜逊色。

生活，人们说起来是那么简单，那么甜蜜，富有诗意。一谈起生活，人们的面前首先是出现一幅充满希望的图画。至于死，那是非常清晰、冷酷的情景：死神挡住生命的各条通道，使人既没有神驰的幻想，也没有切实的希望，更无法寻求帮助从它那儿逃生。现在他俩难以找到别的话语，只剩下死这个主题了。就这样，马立克不愿重提那个话题，古维德尔大叔也不愿往下说什么。他心里默念着另一首诗：

死神啊，让我们死吧——我们不要半死不活！

连这座房子也会倒塌毁灭！

拉赫玛大娘的形象又出现在马立克的脑中：她是一尊泥塑像，随即又变成一个巨大的陶器，在熊熊燃烧的炉子里烧炼。然后，她全身红通通地走出火炉，像一团灼热的火焰，后又慢慢地化为一堆灰烬。这情景久久地留在他的脑海里，消除不了。他堕入了忧郁伤感、悲痛欲绝的境地。

突然，古维德尔大叔说："她一生喜欢土。今天，她回到那儿去了！"

"她也要变成泥土了。"

"我的孩子，死亡是万物的终结。"

"一场戏……"

古维德尔大叔问道："你是指死，还是活？"

"都是。"

大叔从马立克的话中，知道他的不安与苦痛，尽管他表面上冷若冰霜，镇静自若。大叔安慰着马立克，劝他道："我的孩子，大地是人们的母亲，生活就像市场，要是人们买够了自己所需要的物品，那就要回到母亲身旁。死亡令我们伤心痛苦，因为我们不想死。拉赫玛大娘（愿安拉怜悯她！）要是还活着，由她自己选择生与死，她必定选择死。我的孩子，漫长的晚年生活是一种无情的折磨。"

在生死问题上，马立克缄口不言。他不想多说，以免不留神说漏了嘴，刺激古维德尔大叔。

古维德尔大叔还想继续说下去，忽然看见加迪跨进咖啡店大门。

加迪还不知道拉赫玛大娘已经去世。他一大早起来就是想去探望大娘的病情，看看马立克是否夜里去过了。时间尚早，咖啡店又正好是路过的，于是他想先喝杯咖啡，然后再去大娘家。当他看见马立克在这里时，就揣摩着有两种可能：要么大娘已脱离危险，安然无恙，马立克没有同女人们一起待在大娘家里，一大早就来到了咖啡店；要么就是大娘已经去世。他跟马立克打了一声招呼，非常热情地同他握了握手。然后问道："拉赫玛大娘怎么样了？"

马立克说："她已经去世了。"

加迪激动而又庄重地说："大哉安拉！我们属于安拉，都要回到他那儿去！"

加迪这个人尽管有不少毛病和缺点，可是他有一个任何人都无法争辩的特点：他是一个大胆、刚毅的实干家。他老是对别人发号施令，而不是由别人对他指手画脚。是的，他是村中最有钱的人，他的物质力量能使他为所欲为。但是，并非完全是他的富有才使他如此行事，他还反对依赖别人、反对办事拖拖拉拉。于是，他知道大娘的死讯后，立即给古维德尔大叔下了第一道指示，让大叔去通知人们。

他还说："你去告诉拉比哈和塔勒哈维，叫他俩挖好坟坑。让赛义德·本·阿拉比去中央村买白布尸衣，顺便把死讯告诉村里的乡亲们。你还要通知大家，葬礼定在晌礼[①]后举行。我和马立克先生一起回家，准备葬礼所需要的东西。"

"你放心吧！一切都会安排好的。"

马立克对古维德尔大叔说："让邮差把大娘去世的消息通知乡公所里的人，还有塔希尔老师和区的负责人。"

古维德尔大叔回答道："你俩放心吧！如果邮差不来咖啡店，我就派人到他家，让他把这事办妥！你们去办家里的事吧！挖坟坑、买尸

① 伊斯兰教每日五次礼拜的第二次礼拜，在正午之后举行。

衣和通知乡亲们的事，我包了。”

加迪喝完咖啡后，立即起身，和马立克一起去办事了。

*　　*　　*

马立克决定自己支付所有的丧葬费用。唯有一件事使他感到为难：找谁来帮助他举行葬礼呢？为所有的乡亲们准备中饭和晚饭，不是一件容易的事。他原想无论如何也不去求加迪来帮忙，尽管在这种情况下他比别人更会办这件事，而且他家和大娘有着比别人更密切的关系。大娘临终前，加迪的妻子、儿子和女儿都守护在她身边，而且他首先得到了通知。不过，马立克不想求助于加迪是有道理的，他不想离开大娘家，到别的地方招待送葬的人们吃饭。同时，他担心求人帮忙会产生某种间接的压力。这种压力会使他觉得欠了别人一笔债，何况，他并不想同那个人建立任何形式的联系。

他发觉每次与加迪在一起的时候，心里总很别扭，也很尴尬。刚才在咖啡店里，他看着加迪怎样抢先发号施令，显得他仿佛比别人更关心这件事。当他俩来到大娘家时，加迪执意请马立克进屋；马立克在与他家里人商量要做什么事的时候，觉得加迪对他过分的接近和关照，这些他都非常反感和厌恶。马立克能在最窘迫的时候，控制自己的神经，巧妙地摆脱为他设置的任何圈套。可是，对付加迪并不是很容易的。加迪最能随机应变，出谋划策，而且还使别人无所察觉，看不出破绽，他能把他的行动变成势在必行的合情合理的事情。马立克在拉赫玛大娘死去的悲哀时刻，并没有忘记他与加迪之间的明争暗斗。他俩进院子时，奈菲赛和加迪尔还在睡觉，哈伊拉正在准备咖啡。加迪似乎觉得这是一个难得的良机，他要让马立克感到他也是这家庭中的一员。于是对妻子说：

“拉赫玛大娘（安拉怜悯她！）是我们所有人的母亲。我们对她的义务是：不能把她的丧事办得冷冷清清，而应该尽可能地办得热闹愉快些。因为拉赫玛大娘（安拉怜悯她！）在生前即使是大祸临头的时候，也总喜欢给大家欢乐和希望。我现在回家去料理一下，你需要些什么我可以到商店里去买。我们还要在自己家办‘费达瓦’？[①]……”

他的话还没有说完，马立克就打断了他说：“你们做的事已经很多了，你们都在这儿就说明了这一点。但是，‘费达瓦’及其他所有有关丧葬的事，都是我责无旁贷的义务，而不能叫外人来做。商店开门时，我会把所有必要的东西买来的。”

“不论对你还是对死去的人来说，我们都不是外人。没有道理，也没有惯例，可以让你一个人去做我们分内的事情，更没有一个人会同意，要是死者还活着，甚至她也不会同意。如果你要在这里办‘费达瓦’，那也可以。我是想，在我家里办丧事，免得把所有的东西都搬到这儿来。而且我们也不用花费什么，一切都是现成的，羊圈里有羊，屋子里有面粉、黄油。”

“这些我都知道，谢谢。不管怎么说，还是让我来准备这一切吧！一切费用也由我来承担。我想，你不至于剥夺我给这位老人做件微不足道的事的权利吧！她是这个村子里最后一个和我沾亲带故的人。”

这时，哈伊拉带着责备的口吻插嘴说：“马立克，难道你和我们没有沾亲带故吗？”

责备正中加迪的下怀，他扬扬得意，仿佛将了马立克一军。马立克听后，还是彬彬有礼地回答说：“你们还活着，她现在已经死了，以后我想去看看她或者到她那儿去玩玩，都是不可能了。我对她唯一能够尽心的事，就是承担办丧事所需要的一切费用，难道你忍心不让我这样做吗？”

① 指请参加葬礼的人吃饭、诵《古兰经》。

哈伊拉回答说："你说得对，马立克。可是在这儿没有床和家什，没有可以招待大家的任何东西。"

"你放心！现在不是冬天，准备家什是一件很容易的事。而且在送葬那天，咱们也不能把大娘的家门关起来。"

加迪连忙插嘴道："没有关系，我去把家什、床铺和一切必需的东西搬来。咱们就在这儿办丧事，吃的就不必买了，羊有的是。要的话，我这就去挑一两只来。"

马立克回答说："可不能让你破费。"

像今天这么个日子，马立克本不想和加迪进行这种毫无必要的谈话。可是生活毕竟是生活，免不了有一些事情和麻烦，有时也难免因死人而劳累活人。

奈菲赛的父亲和马立克一进门，奈菲赛就醒了。可她佯装熟睡，以此躲避所有使她厌烦的事。她听着马立克和父亲的谈话。马立克办事稳妥，既没有触犯她父亲的高傲，也没有伤害她母亲的感情，这使奈菲赛很敬佩。她对父亲的死乞白赖和炫耀自己的财产有些厌恶……

拉赫玛大娘只留下一具没有生命的僵尸，她离开了自己的家，离开了世界。可是，想当初，她曾经是一位在村里说话、做事都举足轻重的人！

* * *

乡亲们获悉了大娘去世的消息，都极其悲哀。以前，大娘在人们的心目中是一个贤妻良母的典范。她的院子里到处都摆满陶器，人们看着这些陶器，仿佛又看见了她。在他们眼里，每一个器皿都代表着大娘的特有的形象，这就更引起了人们的深切悲哀。大娘度过了漫长的一生，她的突然去世使大家感到痛苦，每个人都觉得大娘死得太早了。

太阳刚刚爬上山冈，村里男女老少就陆续来到大娘的家。他们有的背着面粉，捎着黄油或牛奶，也有的牵着羊……

这时，马立克正坐在离大娘家不远的地方，当他看见人们带着东西络绎不绝地朝大娘家走来的时候，惊奇万分，眼泪在眼眶里打转。他被人们的精神所感动，他们的生活是艰难困苦的啊！顿时他也觉得痛苦减轻了许多，这些都是乡亲们对一个劳动了一生、直至生命最后一息的妇女的最诚挚的悼念。他自言自语地说：

"他们是人民，也是穷人……啊，倘若他们知道自己的真正力量，并且尽力发挥的时候，他们就会懂得：不论什么样杂草丛生、荆棘遍地的荒野，都可以变成肥沃、富饶的良田。"

整个早晨，人们络绎不绝地来到大娘的家，他们带着自己家里仅有的东西，甚至连柴火也带来了。打柴为生的人，这天没有像往常那样打柴去卖，而是将柴火带来参加葬礼。这些打柴人中间，有过去曾是羊倌的拉比哈，他是年龄最小、也最了解大娘的人。这天他比谁都悲伤，他的笛子成了哑巴，他的脸上没有一丝笑容。

拉比哈早上去咖啡店的时候，才知道大娘去世的消息。他去咖啡店是想问古维德尔大叔——他的主顾——想要哪种柴火。他每次出去打柴，都是这么做的。他听说大娘死了，就觉得今天非要为大娘打点儿柴，聊表自己的微薄的心意不可。他只有用他的汗水来表示敬意。去打柴前，他先回到家里，告诉母亲大娘去世的消息，母亲听后即刻就去了大娘家。

这天上午没过多久，大娘家的屋里屋外都挤满了人，全村妇孺老幼都来了。这个院子里第一次有这么多的人，长年累月静谧的破落小院，顿时变得人声鼎沸，熙熙攘攘。大娘的去世，给这所故居增添了即使在她结婚时也没有这么热闹的气氛！

奈菲赛夹在妇女儿童中，同时也在四处飞舞盘旋的苍蝇中，这些苍蝇也是来自村里的各个角落。奈菲赛没有感到像上次在自己家里举行宴会招待客人时的那种烦闷与不快，反而觉得有点儿高兴与欢乐。她因大娘死去的悲哀和忧郁的心情已烟消云散，转悲为喜了！过去村里也死过人，可她从没见过这么多村妇。从前过节的时候，她曾见过村妇们穿着肥大而又朴素的衣服，装出一副羞羞答答、矫揉造作的怪样子，唱着歌、跳着民间舞蹈。对这些她总觉得反感，她们这种粗野而又枯燥的爱好令她十分厌恶。然而今天她们没有装饰打扮，也没有唱刺耳的歌，她们只谈家常，谈大娘的一生，用所有最能表达她们情感的言语来赞颂这位老人。妇女们有的在洗家具器皿，有的在打扫整理，也有的在做饭烧菜……她们穿着有点儿褴褛的旧衣裳，没有在眼圈上涂化妆墨，没有在嘴唇上抹口红，胳膊和脚腕上也没有戴镯子和脚环，走动的时候没有叮当作响的声音。她们像平常日子一样自然、朴素、大方。这样倒更显示出她们的美丽、善良和生气。

她们同这位陌生的时髦姑娘谈到自己时，显得那样温柔害羞。在交谈中，奈菲赛发现她们对她的关照没有一点儿矫揉造作、装模作样，也不过分，她像在城里一样，在她们中间并不感到局促不安，却觉得泰然自若，心情舒畅。她看着她们干活儿，感到有趣，看到她们对大娘怀着崇敬的心情，觉得欣慰。

奈菲赛最感兴趣的是一位年逾四十岁的女人。尽管这个女人衣衫褴褛，但她风韵犹存，动作轻盈，容貌秀丽，能算是村妇中最能干的一个，自从进了院子之后，就没有停过手里的活儿。

大娘的院子，已经被打扫得干干净净，整理得有条不紊，可是在那四十来岁的女人看来这院子还需要整理打扫。在这女人眼里，还有活儿可干。她从奈菲赛身旁经过时，对着奈菲赛莞尔一笑。可是，她从进院子后就没有开口说过一句话。她的沉默寡言，引起了奈菲赛的兴趣和好奇。奈菲赛很自然地观察起这位女人来：她身着一条蓝色连衣裙，上面印着小杏花，可是已经褪色了；腰间围一条毛料腰带，腰带用彩色棉线打成结系紧，两头各垂着一束由棉线织的花。带子是玫瑰色的，用棉线绣的颜色犹如五彩缤纷的彩虹，在崭新的时候，一定是明亮、鲜艳的……她头上扎一条丝织头巾，上面印着巴黎清真寺的风景。要是头巾是新的话，那火红火红的颜色一定非常美丽。

奈菲赛从这个女人身上那件一眼看上去就知道褪了色的衣服上，找到了衣服在崭新时候的花色。奈菲赛的好奇心从衣服上又转到了女人的脸上，虽则青春已过，可她仍五官端正、匀称。奈菲赛马上想象出这么一个形象：那妇人脱去了褴褛的衣服，不再是一副贫困相，年龄比现在小一些，穿着欧式无领衣服，满头的金发，配上一双蓝眼睛，这样，她就跟俄国作家陀思妥耶夫斯基小说中的一位女主人公十分相似。奈菲赛虽然记不太清这位作家小说中的女主人公究竟什么模样，是不是金发碧眼的女郎，可是，她感到这个想象是比较合适、贴切的。这不能说不归于此刻她所处的环境。可重要的是，这女人最引起奈菲赛的注意。妇女们中间，有的在没完没了的活计中寻找乐趣；有的回避着与自己无关的喋喋不休的交谈。可是，很少有这样的女人，宁愿不声不响地闷头干活儿，也不愿说一句话，更不愿偷空歇一会儿。

可奈菲赛不知道，这位被贫困埋没了美貌而又默不作声的妇女，是有口难言，因为她是一个哑巴。她是羊倌拉比哈的母亲！

*　　*　　*

“死亡这个事实，除了死者之外，所有活着的人都一清二楚。我们相信人是要死的，这是无法逃避的现实。它只要一降临，一切都失去了意义。拉赫玛大娘几年来一直等待着死，可是，她现在知道自己死了吗？她知道整个村子里的人都跟在停尸处的后面为她送葬吗？不过，她知道不知道都是无关紧要的。死是活着的人经常担心的事，可是对她来说已经不算是一回事了。只有活着的人才害怕死，惧怕死后的一切。人死了，就从害怕和折磨中解脱出来了。我不晓得谁是可悲又可怜的人，是我这个大活人呢还是死去的拉赫玛大娘？……”马立克走在大娘的停尸处后面，脑海里翻腾着这些稀奇古怪的想法。

乡亲们中间一些能背诵《古兰经》的人，开始用安达卢西亚的曲调，悲哀地吟起蒲绥里[①]的《斗篷》中的诗句：

是怀念在拜扎·塞勒曼[②]的邻居，
眸子哭出了血；
还是卡兹米亚[③]的大风骤起，
闪电划破了伊德姆的夜空？
对你的眼睛说，切莫忧郁悲伤，
对你的心儿说，清醒吧，不要哀恸！

他们把每一句诗吟唱两遍。其他不会背诵《古兰经》和诗句的人，用赞美先知诗中的一句来附和。其实他们谁也不懂这首诗。这首诗的开头倒还清楚：

主啊，
愿你赐福给全人类的好人——穆罕默德，
愿他永远平安！

① 蒲绥里(1211—1296)，阿拉伯诗人。生在埃及，死在开罗。长诗《斗篷》是他的代表作。

② 伊拉克的沙漠地区。

③ 伊拉克巴格达省的一个区。

一些懂语法的人，在高声喊着“永远”两字时咬音是正确的；而一般人甚至连会背诵《古兰经》的人在高喊这两字时，从语法上来说都喊错了……这些吟唱诗歌的人，只背得出《斗篷》诗中的一部分。要是死者的家离坟地不远的话，他们就不必每句诗重复一遍了。要是距离较远的话，就得反复地吟唱这句诗。如果路途非常远的话，他们只有到了去坟地途中的“禁地”——他们叫它为“祷告房”——之后，才开始吟唱。

到了坟地时，他们诵完诗中最后一段赞美安拉使者的诗句：

穆罕默德是宇宙、人类、精灵与阿拉伯人和非阿拉伯人的领袖。

他们在唱第一句诗时，把加在一个词前的长音“艾利弗”唱成了“啊”，而又省略了在这个词前面的另一个词的最后一个字母“努尼”……所有这些语法上的细节，都是会背诵《古兰经》的人之间激烈争论的焦点，也是他们相互结仇的原因。而一般的人对这些争论只能洗耳恭听，袖手旁观，任凭他们吵得不可开交。一般人对此是一窍不通的。他们认为，这里面有深奥的“学问”，参加争论的人都是有真才实学的人。因此，这些会背诵《古兰经》的人有一种优越感，获得了只有他们才能得到的地位。

*　　*　　*

葬礼完毕，人们都散了。坟墓跟前只剩下村子里的教长。他蹲在地上，嘴里咕哝着只有他自己才明白的话。但是，乡亲们都知道他在说些什么，因为这种仪式都是从父辈那里一代一代传下来的。他们说：

“教长留在那里，是在叮嘱死去的大娘如何回答坟墓里预审死人的孟凯尔和奈吉尔两位天使的问话。”

晚上的聚会热闹有趣，气氛很活跃。每个诵经者高声吟诵着《古兰经》,毫无倦意。人们的谈话也妙趣横生,笑语不绝。教长说:“在末日，死者要通过的那座桥，比剑还锋利，比头发丝还细。”有一个农民问：“死者到哪里去？”教长回答说：“在世界末日，那座桥是考验人们的一个关口。有些人是走过去的，也有些人是爬过去的，还有些人厄运临头，便掉进火狱。求安拉保佑我们，不入火狱。”那个人又发问:“那么，火狱就在桥下？”一个诵经者回答说：“火狱在桥的左边，乐园在桥的右边。”另外一个人疑惑地问:“教长说,过不了桥的人就掉进火狱,你怎么说火狱在桥的左边，乐园在桥的右边？”教长回答说：”火狱在桥尽头的左边，乐园在桥尽头的右边。”另一个人问:“乐园有多大？”教长引用了《古兰经》的一句经文，回答说：“乐园像天空和大地一样广阔无垠，无边无际！”另一个农民说：“要是乐园像天空和大地一样广阔，那么，火狱在哪里？”教长笑着对他说：“这些事，跟你说一天一夜也说不完。到乐园之前，还要走过峡谷，继而复生，站起来，走上良心的天秤，还要过桥……每两个地方中间有许多魑魅魍魉，那种恐怖情景能把小孩子吓成白发老头！此外，还有管理火狱的天使和各种各样的刑罚。”那个农民信服地点点头，表示自己的知识远没有教长那么渊博。

马立克一边听着大伙儿的交谈，一边自忖着：“武装革命把人们从殖民主义的桎梏中解放了出来，却没有使人们摆脱迷信。应该进行另一场革命。可是谁来搞呢？单靠学校是不行的……”

*　　*　　*

大伙继续谈论着死亡和丧事，村里的长老们列数着火狱和管火狱的天使的名字、火狱里各种刑罚的名称。他们活灵活现地描述着异教徒所遇到的魑魅魍魉的模样。在场的人对他们如此精通这门“学问”都佩服得五体投地。而那些长者则满面春风，显出得意扬扬的神色，他们并不觉得自己死后也会受这种折磨。他们当然知道，幽冥世界里折磨人们心灵的是玄而又玄的事，谁也没有见过。而真正令人畏惧的，却是人世间的折磨，人对人的折磨。要是乡长给长老们说说新法律、新税租以及诸如此类的事，他们便会愕然失色，甚至魂不附体。绝不会如此春风满面，心花怒放。可是，马立克什么也没有说，他只觉得自己越来越孤独。他的生活与这个村子息息相关，为了这个村子，他参加了民族解放战争，为了改变这个村子的黑暗面貌，他和战友们做出了牺牲。而其他一些人则离开村子跑到城里，在那里开始了新的生活。可是他，随着光阴的流逝，却越发感到自己的生活枯燥与凄凉。战争年代里度过的蹉跎岁月，使他愿意留在这个村子里，他曾经亲眼看见这个村子的上空升起第一道曙光。不管怎么说，独立是在深山老林里度过漫漫长夜——死与希望搏斗的长夜——的人们所憧憬的。然而，独立以后的现实，却出人意料，至少是出乎马立克的意料……“我留在这里，永远留在这里……我曾这样说过，也曾这样唱过……可我一辈子待在这里，是为了听那些没完没了的闲话？也许我只能如此。如果我是安拉使者的话，也许能改变这些现状。要改变这一切只有在那些自称安拉使者的人们离开人世之后才行。”

马立克回想起他跟一位农民辩论土地问题时的情景。他对那位农民说：“土地像阳光和空气一样，应该属于大家……”农民用手抓起一把土，回答说：“可你无法在阳光和空气上行走，你也不能像抓这把土一样，用你的手抓住空气和阳光！”

马立克离开那间诵经者们在聊天的屋子已经有一些时候了。谈论火狱这样的事，实在使他厌恶。他在离大娘房子百米远的地方坐了下来。这里没有人，很清静，他思索着与那农民的辩论，望着眼前蜿蜒曲折、高低起伏的山地，山地就像绒毛做的帐幕铺向远方，一望无际。这时，天空已穿起华丽的灰褐色的夜礼服，银白色的群星在夜空中闪烁。诵经者们吟诵《古兰经》的声音乱哄哄地传到他的耳里，这种声音就像一大堆石头、木料被拖拉发出的嘎嘎声，又好似录音磁带快速倒退时发出的怪声。忽然，加迪走来了，他同马立克打了一声招呼便坐下了。他说："不用说，今晚的聚会使你厌烦。"

马立克勉强地回答他："我喜欢一个人坐一会儿。"

两个人沉默了一会儿，加迪装作悲哀的样子说："赞美伟大的安拉！人们几乎不相信拉赫玛大娘真的死了……在这世界上，她干了多少活儿，又受了多少折磨呀！最后还是死……"

马立克既不愿意和他谈论拉赫玛大娘，也不愿意议论其他的人。但是总得应酬他。多年来，他已经养成这样一种习惯：能够逆来顺受。他的职位——作为一个乡长——已经使他习惯了听取最烦琐的小事、最虚伪的假话和最离奇的传闻。马立克早已摒弃了那种对人世间的一切都酷爱的思想。他回答道：

"如果说，生活对人们命运的安排难以做到公平合理的话，那么，死亡至少不允许一个人对另一个人享有什么特权。这对拉赫玛大娘那样一无所有的人来说，也是一种安慰……"

加迪对马立克的回答并不感到惊讶，他明白马立克说话的意思。他显出一副不以为然、毫无懊恼的样子，接着说道："那当然是对的。不过一无所有的大娘比起那些有财产的幸运儿要幸福得多。我们有自己的财产，但除了操劳外还有什么所得呢？……"

马立克暗自想道："你在撒谎，你在撒谎！"而加迪又口若悬河地说下去："我们一直都提心吊胆地过日子。独立前，我们生活在黑暗之中，因而也就习惯了那种暗无天日的生活。现在虽然独立了，可是昔日的黑暗还在继续，各种巧立名目的苛捐杂税比以前有过之而无不及……”

马立克听着对方的话，暗自忖度着：“这个人真不要脸，太放肆！他以为我软弱可欺，便乘虚而入。”马立克问道：“独立后，你吃了哪些苦？”加迪诡谲地回答说：“你知道的比我清楚。你们这些当官的人嘴里说‘耕者有其田’。可是，你们想过没有，现在人们不喜欢种地！而咖啡店却挤得水泄不通。收割庄稼时，我们一个雇工也找不到。独立以来，人们宁肯干其他活儿，也不愿意种地。针对这种局面，政府干了些什么？政府只会喋喋不休地说‘耕者有其田’……安拉啊，要不是我起早贪黑拼命地干活儿，一心扑在庄稼地上，用不了一年，这些地就会变成杂草丛生、荆棘遍野的荒地啦！你以为我觉得自己在这世界上能长生不老？不！我的孩子！只是我不愿意眼巴巴地看着我们的土地变成沙漠，任凭狂风戏弄、洪水冲刷罢了。可是，大伙儿却以为我拼死拼活地是为了霸占这世界……”

加迪滔滔不绝地讲着，马立克想：“随他说吧，让他说说他这几年的心里话吧！他借机跟我说这些我已听厌了的老话，因为他知道我现在既不在考虑地上的事，也不在想天上事……”

“既然你为了种地吃了那么多苦，而你又那么不爱钱财，”马立克讽刺地问，“那么，你干吗不亲手把土地分给农民？要是你这么做，就省心多了，你也就可以不用交那些你怨天怨地的捐税了。何况你还可以因此得到政府与乡亲们的称赞。”

加迪笑着说：“我跟你说过，大伙儿不喜欢种地。你怎么能叫我把他们不喜欢的东西送给他们，博得他们的称赞与欢心呢？”

马立克心平气和地对他说：“那是人们不喜欢种别人的地，不愿意永远做奴隶。”

加迪没料到马立克会说出这般厉害的话来，但他却不甘示弱。他笑嘻嘻地说："我的孩子，这是风马牛不相及的事……你要我怎么把地分给那些整天在咖啡店里鬼混、赌博的人？难道我能把用我的汗水浇灌的土地分给他们？为了这些土地，我历尽了千辛万苦，我能这样轻而易举地分给他们吗？……马立克先生，你是不爱土地的！要不，你就不会想到这样轻而易举地把它丢掉了……"

随后，加迪话头一转，又自我解围地说："人们不愿种地，更不愿意种别人的地。他们以为，独立会给他们休养生息，过上体面富裕的生活。就拿拉比哈这个羊倌来说吧！谁能料到，有朝一日他突然不放羊了，甚至说不出任何原因。他甚至不早一个星期通知我，好让我去找一个人代替他……我对他能说些什么？什么也不能。他现在砍柴卖给咖啡店的老板，你看着，最后还得来求我……他像其他人一样去赌博……他们不喜欢干活儿，也不喜欢别人干活儿。人们都变坏了，说话也变得粗鲁了……他们整天胡诌一些不知道打哪儿来的话，什么党啊，斗争啊，社会公正啊，还有什么革命的社会主义啊！……这些名词我数到天亮也数不完……这还不算，他们还要求什么度'年假''周末'和'限定工时'……如果不了解他们底细的人，听到这些话，就会以为这些人从娘肚子生下来那天就开始干活儿了……而实际上他们都在度着无穷无尽的假期……"

加迪滔滔不绝地说着这些话，马立克独自在想："他对雇工是如此得恨之入骨！要是他有朝一日得势的话，一定会吃掉他们的肉，喝掉他们的血！人们怎么能想到，经过七年半的浴血奋战，这里还有人是如此地仇恨大伙、仇恨无辜者。只要在这块用无辜者的鲜血浇灌起来的土地上还活着这种土生土长的反对派，那么，革命就尚未成功，战争还未结束。"

于是，他对加迪揶揄道："好像你希望在这块土地上永远存在着主子和奴隶？"

加迪自然明白他的话使马立克恼火了。他接着说："我只想大伙儿齐心合力，一心一意地干活儿，不要像已故的拉赫玛老太太那样，唠叨个没完没了，这就是我的心愿。到那时，他们的贫苦生活就会变得幸福了。"

加迪再也没有其他话好说了，闭上了嘴。他今晚跟马立克谈的话确是放肆的。他本来打算跟马立克谈谈另外一件事——他女儿的婚事，但正如俗话所说，话不投机半句多。刚才他没有机会转变话题，只能以后有机会再谈这件事了。他这样做也许是对的，因为今晚同马立克谈婚事，非得碰钉子不可。加迪向马立克告辞了："我要回屋里去了，你还待在这里？""我再……"马立克含糊地回答。

*　　*　　*

加迪回到屋子里，瞧见那些念《古兰经》的人已经在喝茶和谈论男人、女人穿戴的问题了：哪些是许可穿戴的，哪些是忌讳的。有一位长老——他经常把哈利勒·本·伊斯哈格[①]关于马立克[②]教律的著作当作《古兰经》的一个补充部分——在回答一个关于"男人是否可以穿金戴银"的问题时，引证哈利勒的话说："《古兰经》、宝剑、人的鼻子和牙齿，都可镀金镶银……"另一个人问他："那么女人呢？"他又引证哈利勒的话说："女人用的东西都能用金银，连鞋也可以。不过，女人睡金床就不行了……"又有一位发问道："为什么不允许女人睡金床？"他回答说："不允许女人睡金床，是因为她丈夫跟她睡在一起。"那人又说："可是现在不论是男是女，都佩金戴银的，只有穷光蛋才没有金银。"长老说："时代不同了，归根到底，唯有安拉能保佑我们。"

① 伊斯兰教法律学家，1374 年死于开罗。他的法律学书在阿尔及利亚流传甚广。
② 伊斯兰教四大教法学派之一——马立克教法学派的创始者。

又有一个人问："要是一个人戴着金手表去做礼拜，那么他做的礼拜是否算数呢？"长老还是引用了他的先生哈利勒的话说："棍棒下出真理。"

这位长老把哈利勒的书背得滚瓜烂熟，使得大伙都公认他知识渊博，对他的引经据典也都确信无疑。只有一位诵经者认为这位长老学问并不怎么样，因为他不懂语法……这位诵经者小时候在伊本·哈姆莱维小清真寺的一个长老那里学过语法学和伊本·马立克的千行诗[①]。那位教语法的长老经常对学生们讲："语法是打开学问之门的钥匙。"从那时候起，他就记住这么一条：学问是紧闭着大门的房子，只有握有钥匙——掌握"语法学"的人才能进去。因此，他认为与其他背诵《古兰经》的同行相比，自己是一位出类拔萃的人。事实上，同行们也确实有点怕他那三寸不烂之舌。当然，也由于他们不懂语法，语法便一直是他们和那些爱出风头、卖弄学问的人争论不休的问题。

村里人称他为"长老"，而他却不像其他真正的长老那样头戴缠头巾，手拿念珠。他还经常读报纸，而那些经常吟诵《古兰经》的长老们却从来不看报纸。事实上，正如大伙所说的那样，他对报纸上文章的理解，都是与文章原意南辕北辙、风马牛不相及的。无论从一个句子来说，还是从整篇内容来说都是如此。他也不是经常有系统地读报纸，而是手头有什么报纸拿来就读。也许有一天，你会发现他正在看的是好几年前出版的旧报纸……

有一位农民见了他，既不问教法的问题，也不问有关教义的事，而是问一个那些吟诵《古兰经》的长老都难以下定语的问题："忠厚的长老，什么是依希提拉基亚[②]？"那些只吟诵《古兰经》的长老如果听到这个突如其来的问题，一定会莫名其妙的。但是这位诚实的长老

① 语法书。

② 意为社会主义。是由过去式动词依希塔拉开和现在式动词耶西塔里库演变而来，成为名词。

却马上回答说："依希提拉基亚是词根，依希塔拉开，耶西塔里库，依希提拉基亚。"当然，没有一个人明白他的话。不过，大伙儿对这位朋友如此精通语法学表示信服与敬佩。有一位长老听后嘀嘀咕咕地说："依希塔拉开，耶西塔里库，依希提拉基亚。赞美伟大的安拉！依希提拉基亚是词根！大伙儿都在谈论社会主义，可是都不知道它原来是词根……"

可是，那位嘀咕的长老弄不明白词根是什么，他不好意思去问同伴。词根已经成了人们到处议论的话题，他觉得说不定哪一天，有人会问词根是什么，他又答不上来。他踌躇了一会儿，还是决定去问，于是，他对诚实的长老说："语法学是一门深奥的学问。"诚实的长老立即打断他的话，斩钉截铁地说："语法是打开学问之门的钥匙，赞美安拉！语法学大师艾布·伯克尔·爱资哈里的儿子——知识渊博、见解透彻、众望所归的哈利德·本·阿卜杜拉长老说过，'赞颂安拉、又被安拉佑助的真正谦虚、果断的人，毋庸置疑，安拉会给他们指明获得知识的捷径。'这位长老还告诉我们，安拉的使者穆罕默德说过，'我是知识之城，阿里就是城门。'孩子们，我告诉你们，知识是大门紧闭的仓库，语法是打开这仓库的钥匙。"说到这儿，有一个人点点头说："对，对！……可是，诚实的长老，'词根'是什么意思？"一个农民悄悄地对身旁的人说："这个他当然懂的！"

诚实的长老回答说："依希塔拉开，是过去式动词，耶西塔里库是现在式动词，依希塔拉基亚是词根。关于这个，学者们之间有分歧。有的学者说，词根是动词之本源；也有的说先有动词，后有词根……"问话人接着说："学者们之间都有分歧，难怪我还是不懂什么是词根……"诚实的长老打断他的话说："语法学难哪，实在难学，它比所有的学问都难，它是所有学问的钥匙。"

问话人又说："是的，是很难。因此我才不懂什么是词根。"本来他想说“现在我懂了”，可是实际上他仍是什么也没明白。

这两个人交谈的时候，那个首先发问的农民洗耳恭听着，他希望弄懂这门深奥的学问，然而徒劳无功。他心里埋怨道：“我问他什么是社会主义，可是他却说一些什么语法学……”他憨厚地笑着，喊道：“长老，我还是不明白！”诚实的长老笑着对他说：“要是你能明白，那才怪呢！”他的话引起了一阵哄笑。农民老羞成怒地嚷道：“长老，我问你的是政府常说的社会主义，而不是其他的社会主义。”诚实的长老用讥笑的口吻回答说：“不管是政府谈论的社会主义也好，或者是其他的社会主义也好，社会主义这个词就是词根，完了。”

加迪抓住这个机会，对大家说：“咱们不谈这个了，还是谈点儿别的吧！”那位农民挑衅地说：“我们知道你和社会主义势不两立。你担心的是你那些土地，而我们这些穷光蛋，既不怕社会主义，也不怕其他什么！”

加迪按捺着怒火对他说：“大伙都知道，你是什么也不怕的。既不怕政府，也不怕安拉。”农民回答说：“小偷才怕政府，我不是小偷。罪人怕安拉，我又不是罪人……”

那些长老看到这种话不投机的光景，互相使了一个眼色，又集体朗诵起《古兰经》来。其中一个年纪大的长老祈祷着：“奉至仁至慈的安拉之名，一切托靠全能的安拉，安拉决定一切，能创造生灵与死神，也能判断你们之中谁做得最好……”

就这样，一场争吵避免了。

已经深夜了，天气理应凉快些，可是却越来越闷热。一个农民转身对身旁的另一人说：“这是吉卜利的热风。不用说，热风已经在山后刮起来了。不一会儿，这儿就会狂风呼啸，灰沙铺天盖地。”“不错，这是吉卜利的热风。这风会把大伙儿收割好的庄稼全都刮走！”他的朋友忧虑地回答。

*　　　*　　　*

男人们坐着的房子里倒还凉快些。这不是因为房子宽敞，而是因为房子没有大门，墙上的窗户没有用土坯堵上。实际上，这房子不过是一座有屋顶的院子。而妇女们聚集的那间屋，尽管很宽敞，这一夜却因为挤满了妇女和小孩，极其闷热。

奈菲赛也挤在这间房子里，她很想睡觉，已经两天两夜没合眼了，而且乱哄哄的场面使人头昏脑涨、困倦难熬。然而在这里是无法睡觉的。她觉得有一种莫名其妙的心烦意乱和处境尴尬的感觉。她受不了吵吵嚷嚷、七嘴八舌的谈话。她们的谈话内容，总的来说，就是围绕着结婚这个主题。她听见有个妇女讲了一个故事：有一位十七岁的姑娘，她父亲给她置了嫁妆，有两堪他尔[①]的小麦、两只羊、十升橄榄油、五千克黄油和一千第纳尔的钱，还有五套衣裳，每套五件；另外，还有一副银镯子、一根银腰带、一对金耳环、一只金戒指和一条金项链……到了洞房花烛夜，她丈夫发觉她不是处女，当夜就把她赶回娘家。姑娘害怕父亲杀死她，就逃到一个地方躲藏起来，那位姑娘的母亲由于这件家丑和那位虽然百般寻找但仍然没有下落的独生女的处境而过分悲伤和焦虑，终于精神失常了。这位妇女还猜测说，那个姑娘也许在一个谁也不知道的地方自杀了……

另一个女人也讲了一个故事：有个姑娘才十五岁，她的父亲不顾她妈妈和哥哥的反对，就把她嫁出去了……新婚之夜大出血，失去了知觉。第二天清晨，这位姑娘被送进了医院……

① 埃及重量单位。一堪他尔约合 44.928 千克。

第三个妇女又讲了一个姑娘结婚后无法忍受丈夫的折磨，不得不回到娘家的故事……

这些故事使奈菲赛感到厌恶、作呕。她真想堵住双耳睡一会儿。可是失眠却折磨着她，使她无法入睡。她只好靠着墙，不管闷热，把脑袋捂起来。她佯装睡着，这样，至少可以避开向她投来的那些目光……可是，妇女们并没有忘记奈菲赛，她刚一“睡”着，她们的话题马上就转到她的身上。

“我真没想到，她会长得这样标致！”一个妇女看着奈菲赛对大家说，“她怎么会不漂亮呢？”另一个妇女插了嘴：“吃得好，不干活儿，又老是待在家里。要是她下地割上一个星期的麦子，你就会看见她的美貌是如何消失的……”“正是。城里的气候会使丑八怪也变成美人儿。”另一个妇女附和说。第三个女人又说：“听说，今年秋天她就要出嫁，她并不怎么称乡长的心意，只是她父亲执意要把她嫁给乡长……”那位说奈菲赛不干活儿才变得这样漂亮的女人回答说：“她父亲的财产可以把她嫁给比乡长地位更高的人。”第四个女人说：“我听说，她不愿意嫁给乡长。”其中有一个最忌妒奈菲赛的女人接着说：“也许她有一个情人，在阿尔及尔等着她呢！要不，她干吗对马立克不满意？在那次分麦子的时候，我见过乡长——薄薄的嘴唇，笔直的鼻梁，迷人的微笑，脸蛋就像节日的月亮！要是我呀，只要他稍微暗示一下他有情于我，我就会跟着他走遍天涯海角。”“那你的丈夫呢？”有一个妇女大笑着问。“我早就对他腻味了。”

刚才提到奈菲赛不愿和马立克结婚的那位妇女又说：“听说奈菲赛想继续上学，她目前既不想跟乡长结婚，也不想跟别人结婚。”

那位说对丈夫已经腻味的妇女，实际上是一个行为检点的女人，只不过她性格泼辣，喜欢开玩笑、说俏皮话罢了。她又说：“咱们都一字不识，无法教孩子。可她，已读了那么多书，还想念书。难道要念到两只奶子垂到腰带上！她想成为什么呢？女皇？在咱们国家里，早没有国王们待的地方了……”

发出呼啸声的南风，已经凶猛地扑进了村子，油灯被扑灭了，屋内变成漆黑一团；屋外沙石乱飞，响声大作。这时，那位爱开玩笑的女人说：“咱们在这里嚼舌头数落别人，安拉不容，把咱们屋子弄黑了，狂风也已经向咱们乱吼乱叫了……啊呀，这大风会刮走咱们收割好的麦子！”

那个女人当然是位农民。在这个村子里，所有农民的生活是相差无几的，除了大自然有时与他们作对之外，还有一些地主也常与他们作对。这里最严重的自然灾害就是干旱、洪水和“吉卜利”季风。

村子沉浸在沮丧绝望之中。狂风卷起的尘土，把天空也遮住了。呼啸声在村子上空回响着，好似炽热的流星在燃烧、荡涤着一切……人们的脸上都蒙了一层灰尘，变得阴暗、枯槁、绝望、消沉……那些有一点儿财产的人慌张而又不知所措，为他们的收成将遭到损失焦急不安；那些一无所有的穷人，也被这“吉卜利”季风的呼啸声吹得晕头转向、惊恐万状……

天刚拂晓，妇女们就纷纷来到拉赫玛大娘的坟前。她们带去了椰枣、面包和一些陶器，摆在大娘的坟前……

奈菲赛也去上坟。她站在大娘墓前，觉得非常哀伤，好像喉咙里有东西牢牢地卡着。在她的一生中，还从未见到过如此悲哀、凄惨的情景，她不曾料到死亡是这样恐怖……是的，人们心中的烦恼，村里的凄惨景象，很大程度上是这场“吉卜利”季风造成的。

老大娘的死，麦子遭到损失，还有其他一些不幸的事，使人们都变得忧心忡忡，使村子变得凄凉不堪。每一个人的面庞上都清楚地流露出悲伤、痛苦的表情。可是，村里还有一个人既不感到烦恼也不觉得悲伤，他对村子里早晨发生的事一无所知，既没有听到“吉卜利”

季风的咆哮，也没有感到随风而来的灼热，这就是马立克！他睡得正香，他睡在加迪让他过夜的地方。他的习惯是：在极其悲痛、烦恼的时刻，他反而能够沉沉入睡，不易惊醒。

* * *

人们都散了，各自去干活儿了。拉赫玛大娘的故居里只剩下了加迪一家人和被加迪挽留下来的羊倌拉比哈母子俩，加迪叫这母子俩等马立克醒后再走。马立克醒来时，村子已经淹没在灰蒙蒙的尘土之中了。加迪见马立克醒来了，赶紧端来一杯水，送来一早就准备好了的毛巾和肥皂。他想用殷勤的态度来亲近马立克，消除昨晚两人谈话后马立克对他的愤恨。他笑容可掬地对马立克说：

“在这尘土飞扬的天气里，我想还是让你多睡一会儿。不管怎么说，睡觉总是一种比较好的休息。你已经两天两夜没合眼了……”

“承蒙你的恩德。”马立克表示感激。

马立克洗完脸，和加迪一起来到院子里，拉比哈正坐在那里。加迪喊他的儿子加迪尔去端咖啡，然后对马立克说：

“‘吉卜利’季风把咱们村毁了。大伙儿收割的庄稼全被刮到羊肠小道和河谷里去了。”

马立克回答说：“要是地上都栽上了树，那么，风势会小一些，损失也会少一点儿的。可是……”

加迪笑笑说：“在这满山遍野都放牧着山羊的土地上，你怎么能栽树呢？如果政府想搞好植树造林，那首先必须想法子保护好现有的森林，不让山羊和砍柴人糟蹋。”

这时，加迪想起拉比哈已经加入砍柴人的行列，刚才的话很不利于拉比哈再给自己当羊倌，于是连忙改口说：“可实际上，砍柴人要比山羊的危害小，因为他们一向是护林人追赶的目标。”

马立克想，要是加迪也有一只山羊的话，那他一定会比别人更起劲地保护它。可是，现在别人叫他的绵羊倒了霉。这就是他高喊维护公共利益的原因，他现在好像是最积极维护公共利益的人！

马立克说：“光保护森林还不够，政府制订的所有规划，应该说是相辅相成的，要不就会徒劳无功。山羊无疑对森林有害，乱砍乱伐当然也毫无益处。可是，要真正保护森林，还必须保护所有的土地，不管是荒芜的，还是耕耘过的。生活的各个方面，特别是耕作方面，如果没有一个总章程，那就无法保护所有的土地……”

加迪知道马立克又会提及土改的事，他唯恐两人的关系会弄得比昨天更糟糕。于是，不等马立克说完，就打断他的话，赞同地说道：

“对，对！养山羊的人也没有其他生活出路，他们也怪可怜的。他们养山羊本来也没打算害人。”接着又说：“马立克先生，要是允许的话，我想趁你在这里的机会，求你调解调解我和拉比哈的关系。就我来说，我觉得并没有做过对不起他的事。可是谁知道呢？也许我无意之中伤害了他。他今天丢下羊群不管，明天就给咖啡店老板砍柴去了。他为什么这样干，连一句话也不跟我说？如果他在干活儿时受了委屈，是我，或者是我家里人得罪了他，也总该说一声，我定会从心底里公正地对待他的。这一点，你应该是最好的公断人和见证人。”

马立克这才明白了，加迪有意打断他的话，是害怕他把话题转到土改上去。至于羊倌的事，那倒是说了真心话。马立克对他说：“也许，他喜欢换一种生活来代替牧羊人的生活。你是知道的，在咱们这里，羊倌是一种工作起来不以小时，而是以年计算的劳动者。”

加迪狡黠地回答说：“这是对的。羊倌是唯一没有假日、不知道休息的劳动者。可是任何一种工作都有它的难处和特点。不管怎么说，我没有把他当外人，也没有把他当作雇工。他从小就在我这儿，我把他作为家里的一员。安拉可为我的话做证。拉比哈，你说说，我亏待过你和你的母亲吗？我对你俩提出的要求吝啬过没有？你照实说吧！”

拉比哈支支吾吾，羞愧地答道：“不！你不会那样做的。可是正如乡长说的那样，我喜欢干别的活儿……”

加迪揶揄地说道：“打柴卖钱？你以为这也是一种工作？”

马立克见羊倌张口结舌、羞愧窘迫的神情，便想插嘴帮他说说。可一想，还是让他自己辩解吧。拉比哈美滋滋地说：

“我知道，卖柴终究不是长远之计，只要我能找到更好的工作，我就不卖柴了。”

加迪对他的乐观表示怀疑，便问：

“你到哪里去找别的工作？”

“要是在这里找不到，我就上别的地方去，安拉的土地是广阔无边的。”拉比哈显得十分乐观。

加迪说：“是呀，安拉的大地广阔无边。但是在这大地上找工作并不是件容易的事。我想有头脑的人，不会丢下现成的事不干，去寻找尚无着落的事干的。倘若你认为以前的工资不合理，马立克先生也在场，咱们可以重新商量决定。我看你还是回来放羊吧！”

“不！我永远不放羊了。”

说到这里，他又想起了奈菲赛骂他的那句话：“臭羊倌！”于是更斩钉截铁地说：“我绝不给你放羊了，也不给别人放羊！我不想做一名被人们瞧不起的羊倌度过一生……”

加迪对拉比哈的回答感到诧异，便打断他的话说：“人们瞧不起的羊倌？拉比哈，谁瞧不起你啦？是我，还是我家里人？你凭良心说说吧！”

拉比哈结结巴巴地说：“你……你当然不会。我是说被别人瞧不起，我的意思是，干这一行的人对大伙儿来说没有什么价值。”

加迪心里在埋怨："啊，如果生活还像以前那样多好。现在连羊倌说话的口气也硬了。"沉默了一会儿，他说：

"那么，你自己看着办吧！如果你想回来的话，我还是会好好待你的。既然你不想干，我再去找一个羊倌也并不难。"

完全出乎加迪的意料，他和羊倌交谈的结果竟会是这样。他更没有料到，马立克会对他如此怨恨，对这事，他连一句帮忙的话也不说。加迪想："也许他对结婚的事也满不在乎。要是他能认真考虑一下，将来成了我的女婿，对我的态度就不会这样了。可谁知道呢？我应该再试试看……羊倌的事和招女婿是完全不同的两码事。"

他瞅着马立克说：

"马立克先生，你对大娘（愿安拉怜悯她！）的故居如何考虑？"

马立克一听这话，便明白加迪说这话的意思了，便说道："我不是这屋的继承人。"

"可从血统关系上来讲，你是她唯一的近亲。"加迪说，"你有权继承故世的人的遗产，尽管它很少。"

马立克说："事情很简单。大娘的故居，咱们可以用它在村子里办一所学校。那些完好的陶器，咱们把它送到传统工艺展览馆，剩下来的家具就分给穷人。这样不是很好吗？"

"你的主意好！"加迪顺从地说，"今天你回中央村吗？"

"是的。办妥故世的人的后事我就回去。咱们应该叫一些人来，把我刚才对你说的事告诉他们。"

"难道你不认为把这个问题推迟到四十天以后再说，更好些吗？"

"那有什么关系？我看最好是现在就把事情定下来。"

"不管怎么说，如果今天一定要分故人的遗产，那我建议，今晚在我家为死者亡灵举行'费达瓦'，同时把这事办妥。"

马立克问道："你非要今晚给死者举行'费达瓦'？"

“是的，这是我欠死者的一笔小小的债。”加迪回答说，“因此我认为，你今天还是不去中央村好！省得来回折腾。最好今晚在这里休息。愿安拉保佑，你明天再回中央村办事。”

“那好吧。”马立克表示同意。

拉比哈母子俩走了，大娘家只剩下加迪一家人和加迪家的几位亲戚。哈伊拉看见丈夫和马立克单独坐在一起，就走过来跟马立克招呼了一声，然后跟丈夫商量起晚上办“费达瓦”的事来。奈菲赛在焦虑和不安中熬了一整夜后，现在睡着了。南风还是一个劲儿地刮着，发出荡涤一切的可怕的怒吼声。

* * *

风停息了。天气变得凉爽宜人，北风习习，驱散了笼罩在人们心上阴郁、焦急的愁云。小村子的天空又重新呈现出湛蓝色，大地恢复了原来的夏天景色。地平线上显现出巍峨的山峰，夜晚来临了，正是夕阳无限好的黄昏时刻。落日把金色的阳光洒遍了大地，等待明天的到来！夜近了，为了招待村里的乡亲们和吟诵《古兰经》的人们，加迪家做了周到、妥帖的安排。过一会儿，就要举行“费达瓦”，为已故的拉赫玛大娘祷告……

夜深了，和往常一样，农民和吟诵《古兰经》的人在一起，聊着阴间里骇人听闻的事，诉说着死人的复活等。同时，也聊些生活琐事，以及大伙儿期待政府在这个贫穷的村子里进行的改革和规划……这一夜，妇女们又议论着这个村子里夏天发生的结婚、离婚的事，还有对纺织品、时装的看法。这些人还七嘴八舌地说起了与众不同的城里姑娘奈菲赛，以及她不久就要跟乡长结婚的事……这一夜，妇女们虽然谈起奈菲赛的事比前一晚上要谨慎得多，但是，她们的心情却很舒畅，因为她们是在一个全家人都健在的家庭里；男人们也是一样，显得格外高兴愉快，他们狼吞虎咽地吃着饭，边吃边嚷着："为死者积德吧！"好像他们吃得越多，对死者来说越是行善积德，越能使死者的亡灵安宁。

第二天清早，人们都去做自己的事了。马立克回到了自己生活和工作的地方——中央村。拉比哈去砍柴了，那晚他是唯一没有出席加迪举行的"费达瓦"的人，尽管有些人说他一定要去。这件事引起了一些好事者的各种各样的猜测与议论。

拉比哈没有参加昨晚的"费达瓦"，因为他想永远去掉"羊倌"这一称号。拉赫玛大娘不会来参加这种仪式的，因为她已经不在这个村子里，也不再生活在这块土地上了，她与大伙儿的任何联系都已不存在了。尽管她为了人们，为了她所爱的这个村的乡亲们在劳苦中度过了一生。她爱这个村子里所有的人，也爱这个村子的一切，包括泥土！

第七章

“一个人在一生中，即使遇到了最惨重的灾难，他仍然应该有选择立场的自由。”

奈菲赛在阅读一篇在法国杂志上发表的由一位奥地利心理学家撰写的文章，她读到这句话的时候停住了，虽然文章还没有读完。她拿起笔，在这一句下面划了两道粗杠。然后，把杂志扔在一旁，站到窗前，极目远眺。她能望到的也就是地平线上隆起的那一小部分。她凝视着连绵起伏的山岭，真想给这隆起的地平线画一条笔直的线。“这里的一切，都是那么弯弯曲曲，”她自言自语着，“连地平线也是弯弯曲曲的！”

“即使遇到了最惨重的灾难，他仍然应该有选择立场的自由……”她重复着杂志上那篇文章的这句话。可是，她想：“虽然这里的地平线是弯弯曲曲的，但并不是所有的地平线都是弯弯曲曲的……我应该选择我的天地，不管付出多大的代价，我得选择！我无声的愤怒，在这些人的淫威面前能有什么用呢？（她说的‘这些人’是指她的亲人）不，根本无济于事！要是我给他写一封信，告诉他，我不愿意跟他结婚，也不想跟别人结婚，他会怎么样呢？不过，男人们尽管都是仪表堂堂，可是在女人面前，不是阳奉阴违的懦夫，就是妄自尊大的凶神。况且，谁能保证他不会利用我的信，作为武器来压制我呢？退一步说，他即使并不这样做，可到头来，我还得为我获得自由而永远对他感恩戴德……不，我绝不能这样做！我应该选择另外一条道路……”

奈菲赛要走的是什么样的道路呢？那条路能绕过她父亲布下的天罗地网吗？她真的是大祸临头了吗？我们可以想象，奈菲赛是在十分惨重的灾难中挣扎着，她尚未完成自己的学业。从阿尔及尔回来之前，她完全没有料到会发生这些令人痛心的事。她曾经这样想过：在这个村子度假的几个月，将是艰难而苦闷的，因为她在村里很孤独寂寞，而且也不习惯艰苦的农村生活，可是，又不能不回自己的故乡。她决心忍受这种孤独寂寞，熬过这种游牧般的生活，用所有的时间或者是大部分时间来读书和准备新学年的功课。但她万万没有料到，她父亲所感兴趣的是她丰满的胸脯、肥胖的臀部所能达到的目的，还心血来潮要为她提亲说媒……奈菲赛确实是大祸临头了，她感到绝望，进退维谷。她第一次发现，自己面临着的遭遇就像她在杂志、小说中读过的阿拉伯妇女的遭遇。这些杂志和小说常常把阿拉伯妇女描写成人们生活中的牺牲品。女人在继承遗产方面，只有男人的一半；在生活中，绝不能与男人平起平坐，同享家庭的欢乐。男人永远主宰女人，不管他是丈夫还是父亲，是兄弟还是儿子。妇女不许随便出门，她们一辈子只有三次出去的自由：第一次，从娘肚子里出世；第二次，出嫁到夫家；第三次，进坟墓。在政治方面，有些地区的妇女最幸运的事，也不过是能成为一个选民罢了。当然，妇女是没有福气成为候选人的。妇女无权干涉丈夫与那些姘妇一起生活。即使这样，女人还要睡在男人身旁，为他们传宗接代。随着一个世纪一个世纪的流逝，女人一代又一代地为大地生育了无数先知先觉和英雄豪杰，尽管人类经历了各种战争的浩劫，遭受了各种天灾人祸，面临过死亡与毁灭的威胁，但女人还是保证了人类的生存和延续。然而，对女人却不能享有人的一切权利。男人们在日常生活中随意把女人贬为贱人刁妇，把她们描写成既胆小怕事，又不忠不孝的人。男人跟别的人说起自己的妻子，总是这么说：“我的老婆，你可别见怪……”如果别人得罪了他，他就会恼羞成怒地骂道：“像个臭女人，不要脸！我要治你就像治一个女人一样……”要是跟人开玩笑，他就会用一句广为流传的话：“经常揍你的老婆吧！尽管你不知道为什么揍她，可她却是清清楚楚的。”有的干脆就吟上两句谢赫·阿卜杜·拉赫曼·穆杰杜卜描写女人的诗：

女人市场，是骗人的市场，
赶集的人哪，你可要冷静想想，
她们假装让你渔利万贯，
最后却弄得你倾家荡产。

奈菲赛耳闻目睹的女人的痛苦，也就是她现在所面临的痛苦现实！如果她理解她作为一个女人命中注定要经受痛苦与不幸的话，那么，也就不足为奇了！

正如前面所说的，我们要能够理解奈菲赛的悲惨遭遇，要能够想象出她的悲观失望，那要有一个条件，就是必须坚信女人的软弱并非是天生的缺陷，同样，男人的大丈夫气概也并非是天生的美德。

奈菲赛又拿起杂志，读了一遍那句下面画了两道杠的话：

“一个人在一生中，即使遇到了最惨重的灾难，他仍然应该有选择立场的自由。”

重读了这句话，她的脑海里又充满了希望，尽管这希望在她心里也不清晰。她决心找母亲谈谈自己的心事。她飞快地站了起来，走进了院子。此时，父亲的说话声传进了她的耳朵，她感到十分诧异。她原以为父亲一大早就到中央村去了，现在还没有回来呢！奈菲赛觉得她心中的希望一下子被扑灭了。她本想建议母亲邀请在阿尔及尔的姑妈来这里住几天……

奈菲赛犹豫不定：是回自己的房间呢，还是进屋去跟父亲打招呼？她不知不觉地走近母亲的房间，忽然，听到了父亲清楚的说话声。

“三天前，大娘死了。这也没有妨碍马立克继续工作，更不用说是婚事了。再说，他尽管很爱大娘，可她毕竟不是他的生母。从现在起，你就该准备准备女儿要的东西了。”哈伊拉回答说：“要是你认为近期就能办好婚事，那你应该写封信告诉在阿尔及尔的奈菲赛的姑妈，叫她来。”

“咱们当然要告诉她姑妈的，可是得在适当的时候……”

奈菲赛没有听到父母亲的全部谈话，仅这几句，就足够把她心中的希望打个粉碎了。

奈菲赛跑回自己的房间，她伤心透了，忍不住哭泣起来。可是她没有眼泪，只是流虚汗；她的喉咙一阵阵哽咽，身上一阵阵发冷。她觉得全身的关节都散了，再也支撑不住身体了。她坐在床上，浑身不是滋味，头昏昏沉沉的，抬不起来；于是她顺势倒在床上。她已经神志昏迷、精疲力尽、全身散软，一点儿也动弹不得了。此时，只有她的心在剧烈地跳动，脉搏更是快得出奇。

傍晚六点钟，哈伊拉一边准备着晚饭，一边回想起自己和丈夫关于女儿婚事的谈话来。实际上，哈伊拉对这件由丈夫自作主张决定的草率的婚事，并不十分放心。她最担忧的是，女儿和马立克至今还没有办过正式订婚手续，没有吟诵过《古兰经》的首章，也没有鸣枪报喜，更没有说好条件，而她丈夫却说起什么一切都已经就绪的话来！

自然，哈伊拉也认为，做父亲的有权力决定把女儿嫁给谁，以及如何办婚事。可是，作为母亲，难道她的意见就没有一点儿作用？哈伊拉的丈夫总不把她放在眼里，做事情又那么独断独行。尽管奈菲赛是她唯一幸存的女儿，可她也无权为女儿的婚事说上一句话。于是，她痛苦地呻吟道："这是安拉的旨意！我也活该倒霉！"

不管是安拉的旨意，还是运气不佳，或者其他什么原因，反正她无权发表任何意见，即使是女儿出嫁这样重大的事情，她这位母亲也只能如此。她只是丈夫的妻子，丈夫是固执己见、一意孤行，个人说了算的。家中的一切事情，不管是儿女、妻子的事，还是农场的雇工和羊倌的事，都得由他一个人做主、包办……羊倌扔下羊群不管的时候，难道妻子或者女儿会去寻找别的羊倌来放羊吗？明天决定进行土改的时候，难道妻子会出面说项求情，不让人们分走他的土地？分地之后，在艰难困苦的情况下，妻子能保证全家的衣食住行，叫全家老小过上富裕的生活吗？不！这一切都是丈夫的事。那么，她和女儿有什么资格说了算，或者是发表了意见就非得照办呢？发表意见的人应该是能够负担起责任的人，而不是微不足道、无能为力的弱者！这就是加迪遵循的逻辑。如果说加迪能千方百计地把自己的意志强加于乡长这个外乡人，强迫乡长跟自己的女儿结婚的话，那么，他摆布自己的女儿更是不在话下了。在他看来，土改是头等重大的事，别的事跟土改相比，都是区区小事，不足挂齿。他只有招乡长为女婿，才是消除这严重危险的唯一办法……

实际上，加迪并不傻，他心中是有谱的。跟那些解放之后加入民族解放阵线的人们一样的话，马立克定会同意跟像他这样的地主的女儿结婚的。毫无疑问，以后，他就不会管他丈人的土地了，哪怕是拖着不管也行。可是，马立克在民族解放战争的日日夜夜里最憧憬、最珍惜的也就是土地。结婚怎么能使他违背自己神圣的意愿呢？马立克没有料想到，土地改革竟被某些人利用来报私仇，而土改是跟报私仇、泄私愤风马牛不相及的事。马立克一直把土改看作是解决饥饿、贫穷和阶级差异的唯一办法。而饥饿与贫困既不利于穷人，也不利于地主。

*　　*　　*

奈菲赛蒙眬地看见母亲呆呆地坐在她的身旁，感到有块浸过水的麻布敷在前额上。她不知道自己究竟在什么地方，也不明白母亲为什么坐在她的身旁，她刚从昏厥中清醒过来。过了一会儿，她完全清醒了，发觉她是睡在自己的房间里，刚才是昏迷过去了，是母亲将她救醒的。奈菲赛看见母亲脸上淌着两行泪水，赶忙转过脸去，她两眼盯着那盏瓦斯灯一闪一闪的微弱的黄光，好像是在责怪母亲不该哭泣。

母亲看见她清醒了，便关怀地对她说：

“奈菲赛，我的心肝宝贝！你究竟怎么啦？我喊了你好几遍，叫你去吃晚饭，可你没回答。我还以为你睡着了，便来叫醒你。谁知你却像死人一般地躺着。啊，我的心肝宝贝！”说着说着，她的眼泪又簌簌地往下流，再也说不下去了。奈菲赛刚刚醒来，这时正十分痛苦。母亲的体贴、关怀并没有给她带来安慰，反而激起了她的厌恶与愤懑。她几乎要在母亲面前咆哮起来：“你给我滚出去！”

她觉得，她在昏昏沉沉的时候，仿佛是生活中最安逸舒适的时候，也是最悠然自得、心旷神怡的时候。毫无疑问，奈菲赛进入了自认为是最美好的梦境：她走进了一个富饶的大花园。在花园里，各种树木千姿百态，树叶红绿相映，构成了一幅绮丽的画卷。她好像听到树枝发出了悦耳动听的乐曲，这乐曲是任何人都奏不出的，不管他的手指如何修长纤细，不管他如何精通演奏。她觉得自己全身的每个细胞和感官，都活跃起来了。她不只在享受着这美妙的乐曲，而且，她的情感、灵魂、躯体，都在这乐曲中，向蓝天飞去。飞呀，飞呀，不停顿地飞着。

她的灵魂发出万丈光芒，照耀着苍穹和大地。这些光芒，既不是雪白的，也不是碧绿的，更不是湛蓝的，而是各种颜色的混合色，人们无法辨认究竟是什么颜色。她的躯体在这种光芒中，变得透明纯洁。她身上的每个细胞都和这些光融合在一起，跟时间、土地融合在一起。她的脑子一下子开了窍，发现了九霄云外的天国，她觉得自己走进了乐园，走进了极乐世界。在这世界里，她不觉得恐惧，也没有忧伤，而是愉快悠闲地生活着。在这富饶美丽的花园里，有许多小溪，潺潺的流水闪烁着银光；花园里奇花异草，散发着沁人心脾的芳香；阳光和煦，微风习习，风光旖旎，使人如醉如痴。无数的小溪构成了条条河流，所有的河水又汇集成浩浩荡荡的洪流，流进一个圆形的水潭里。一泻千丈的瀑布，化成飞花碎玉般的水珠后，四处乱溅，飘飘洒洒地跌落在水潭里。瞬间，水潭里泛起了一圈圈五光十色的涟漪，慢慢地消失在水潭边上。姑娘的目光离开了飞溅着的、消失在尽头的涟漪，又落到水潭旁的芳草地上。那里百花争艳，每种鲜花都有独特的色彩，它们的结构和形状很难用语言来形容。鲜花的颜色比鸟儿的羽毛和彩蝶还要绚丽多彩，比人工绘制的色泽还要耀眼夺目；鲜花又好似太阳，射出的光芒宛如一串串繁星，又似螺旋形的晶体，闪烁着变幻莫测的光彩。一会儿，又像一簇簇华灯，闪烁着五彩斑斓的光芒；花儿有的好像互相拥抱着的笔直的白玉般的蜡烛，有的又好像身上有斑纹的巨蟒，口里喷着火焰……

鲜花越来越多，它的形状，颜色也越来越多。整个水潭的边缘被点缀成了一个美不胜收、奇特无比的大花环。

可是，随着美梦，接踵而来的是噩梦。奈菲赛慢慢地恢复了知觉，她又焦急忧虑起来。世界在她眼里，变得越来越狭窄了，特别是当她父亲来到她的闺房的时候，她的感觉更是如此。

刚才，母亲在奈菲赛的房间里，看见女儿躺在床上，失去了知觉，她吓呆了。于是赶紧叫加迪尔去告诉他父亲。那时，加迪正在离家一公里远的乡村咖啡店里。

加迪来了，他走近奈菲赛，就问妻子："她现在怎么样了？"

妻子回答说："她比刚才好多了。要是刚才你看见她……我进来时，还以为她死了呢！"

丈夫又问："她怎么会晕过去的？"

母亲瞅着女儿，想让女儿回答。可是奈菲赛决定，不管父母如何盘问一概不回答。她要跟父母亲赌气。哈伊拉见女儿不回答，便说道："谁知道呢？也许是得了羊痫风吧。她刚才的样子就像发羊痫风。"

加迪相信地点点头。然后对女儿说："奈菲赛，你现在觉得怎么样了？"

奈菲赛仍然没有回答。说实在的，要保持沉默，对她来说不是件容易的事，她在极力控制着自己。有生以来她第一次采取这样的态度对待自己的父母亲。父亲以为女儿不作答是因为病得太重，没力气说话。于是对妻子说：

"我马上到村里去请'神巫'来！"

"这也好。"妻子半信半疑地说，"可是你去找哪一位'神巫'呢？"

"当然是谢赫·哈穆达。难道这里还有谁比他更灵验吗？"

妻子赞同说："谢赫·哈穆达画的符是挺灵验的。经过他治疗的人，很少有不好的。"

加迪出去了。哈伊拉和她的儿子加迪尔留在奈菲赛身旁，等待"神巫"的到来！奈菲赛对自己的胜利感到喜悦！她终于压住了性子，没有理会父亲的盘问。

*　*　*

谢赫·哈穆达打开一本厚厚的手抄本，打量着加迪，问道：

“她叫什么名字？”

加迪回答说：“奈菲赛。”

“她母亲叫什么名字？”

“哈伊拉。”

加迪在说妻子名字的时候，神情有点儿尴尬。谢赫·哈穆达开始画起符来。然后，他把符放在五边形的格子里，嘴里喃喃有声，念念有词。过了一会儿，他一本正经地对加迪说：

“当她跨过一块有水的地方时，伊本·艾哈迈尔族的一个妖精缠住了她。”

加迪连忙问：“她的情况很危险吗？”

“这是毫无疑问的。”老于世故的谢赫回答说，“不过，依靠真正的威力，她会得救的。”

奈菲赛紧闭着双眼，在微弱的瓦斯灯光的照射下，脸变成了灰黄色。可是她这时既没有昏厥，也没有熟睡，她闭着眼睛是为了逃避双亲的追问。她有时还眨着眼睛，而“神巫”却没有看见。

加迪问谢赫该做些什么，谢赫答道：

“这由你来决定，你是父亲。我力所能及的，就是告诉你真实情况。”

加迪领悟了谢赫的意思：治好女儿的病还需破费一点儿。他便说：

“这方面是你说了算，你说该怎么办，我们就怎么办。对咱们来说，只要把姑娘的病治好。”

谢赫听后，马上喜形于色地说：“要念符咒，你去选一只黑山羊，把它宰了。伊本·艾哈迈尔族的妖精不见流血是赶不走的。你们去给我端一盆炭火来。”

加迪和儿子马上去羊圈挑选黑山羊来宰杀。哈伊拉去端炭火。现在屋里只剩两人了，谢赫便对奈菲赛说：

“你一句话也别说，也不要动，一切都得听我的。否则，符咒就会不灵验。”

尽管到了这种地步，奈菲赛还是忍不住暗暗地发笑。

谢赫拿起那本厚厚的、黑黑的手抄本，一页一页地翻了起来。他翻到画着一个骷髅的那一页，便把它抽出来搁在一旁。又取出另一张纸，上面画满了彩色的大圆圈，然后把手抄本搁在他前面的地上……

加迪和儿子把羊抬了进来，谢赫就对加迪说：

“把羊劈成两半，一半搁在羊皮上，你们甭管了，我来处置，另一半就随你们的便啦！”

加迪按谢赫的吩咐去做了。哈伊拉给谢赫送来了满满一盆烧得通红的炭火，谢赫把炭火搁在一旁。然后，掏出一个小口袋，里面装着各种草药，哈伊拉只认识其中的一种安息香。谢赫把一些草药撒在火里，取来那张画着骷髅的纸，把它贴在奈菲赛的前额上，又吩咐哈伊拉把它按住。谢赫又拿起那张画着彩色大圆圈的纸，开始朗诵起来……他口齿清楚地朗读着：

“我们从《古兰经》上得到启示，让健康与怜悯赐给信士们。”接着，他又读了两段符咒和“阿耶蒂·库尔西”[①]，然后，他又念起符咒，“伊本·艾哈迈尔在哪里？伊本·艾兹拉克在哪里？伊本·艾克哈勒在哪里？你们都来，把你们的兵马都带来！把你们的兵营也全带来……”这些词慢慢地消失在一阵咕哝声中。只见他嘴里念念有词，谁也不知道他在说些什么。他不时地把香料撒在火上，一边有板有眼地喊着：“伊本·艾哈迈尔在哪里？伊本·艾兹拉克在哪里？……”而后，又嘟嘟囔囔起来。这样折腾了一段时候，他又面朝着姑娘，似乎在对妖精说：“你现在出来吧！你已经达到你的目的了！我给你准备好了你喜欢的东西，你出来吧！从今天起，你别再附在这女人身上啦。”

① 《古兰经》黄牛章第255节，即《古兰经》中描述安拉德性的一节经文的名称。

他示意奈菲赛母亲给他拿来那张画着骷髅的纸。接着，又呼喊了起来："快出去，别回来！再不出去，我就要用火来烧你了！姑娘，你动动身子，让妖精出去，血正等待着它。"

奈菲赛在床上动了一下，咳嗽了一声。谢赫微微笑了一笑，又说：

"血在羊圈里等待着你和你的从九天和九泉来的伙伴，快去吧！"

符咒念完了，一切都进行得很顺当。谢赫给奈菲赛画了一张"护身符"，又在一张纸的边上涂了些谁也看不懂的字。然后，他把纸撕成七张小纸片，同护身符一起，递给奈菲赛的母亲，说：

"每天晚上，把安息香倒在纸上给奈菲赛熏，连续熏七天。把这张护身符贴在带血的羊皮上，把羊皮挂起来。安拉会使她痊愈的。"

哈伊拉和加迪都感激谢赫对女儿的救命之恩。两人都认为，谢赫打了妖精，把它赶出来了，姑娘一定会痊愈的。加迪从兜里掏出五十第纳尔，递给了谢赫。谢赫收下了钱，又对病人祝福了一番之后，拿起他那本手抄本和用羊皮包好的半只羊，站了起来，再一次祈祷奈菲赛早日康复，然后要走。加迪请他吃了饭再走，可是他婉言谢绝了，于是加迪把他送出了门。

* * *

在贝都因地区，人们都确信，妖魔鬼怪同他们朝夕相处，和他们的一举一动都有关系。妖魔鬼怪只能用诵读《古兰经》和念符咒来祛除。他们认为，妖魔大多生活在龌龊的地方和死水潭里。他们还相信，人们在太阳下山后，或在深更半夜里去洗澡沐浴，或者跌进泥淖和死水潭，很容易着魔中邪。他们迷信妖魔鬼怪以及它对人类的危害，并不亚于求助于背诵《古兰经》的谢赫们能用法术来战胜妖魔鬼怪。谢赫·哈穆达是驱魔捉鬼的能人。不管哪一种恶魔，他都能降服。因此，奈菲赛的双亲，特别是她的母亲，十分相信女儿会很快康复。谢赫一走出家门，她母亲便捉了一只母鸡，递给丈夫，让他宰了。尽管农村妇女对宰杀自己的母鸡是很心疼的，可哈伊拉今晚却很慷慨，毫不心疼。相反，她为宝贝女儿宰了这只鸡感到欣慰。鸡就是为了这种场合的需要才养的嘛！加迪跟所有乡下男人一样，对老婆失掉一只老母鸡，感到暗暗高兴，这种心情并不亚于他盼望女儿痊愈时的喜悦心情。

在农村，母鸡是妇女的财产，男人是不可染指的。而且，由于种种原因，鸡也是财产的冤家对头，因为鸡靠吃粮食长大，而粮食是属于男人的财产；母鸡给女人们增添了一点儿威风，这是因为女人可以利用母鸡下的蛋，换些钱来给自己买许多必需品，而这些必需品，女人是不愿意开口求丈夫去买的。男人还把母鸡视为女人用来对丈夫进行无休止吵架的一种工具：鸡靠吃他的粮食长大，而且又自由自在地生活在他的土地上，甚至还享有破坏的自由！在这方面，流行着这么一句话：母鸡是女人的宝中之宝！

父亲为了女儿的健康宰了一只山羊，但是，他做的这种牺牲也可解释成是为了能跟乡长结亲。虽然这样做并不见得能实现他的心意，但宰一只山羊毕竟还是件区区小事。而母亲献出心爱的黑母鸡，却是真心为了女儿的健康，是出自母爱，出自对女儿的无微不至的关怀。当然，谁都知道，病人喝点儿鸡汤滋补滋补，身体康复起来要快得多。

母亲用母鸡、豆和各种佐料炖好了汤，盛了满满一陶碗，这个碗是拉赫玛大娘生前做的。母亲满怀着喜悦之情，把鸡汤端给了奈菲赛。母亲为了自己的宝贝女儿，费了不少心血，在女儿生病的时候，更是对她体贴关怀。

* * *

谢赫·哈穆达走后，奈菲赛的心里觉得更加苦闷、忧虑、百无聊赖。她觉得现实生活只是一种夜以继日、反复无常的折腾与磨难。最愉快的日子，随着时光的流逝，大多变成了痛苦和失望。美好的回忆，随着脑海中印象的消失，使人更加痛苦悲伤。她的生活，像电影一样，在脑海里杂乱无章地闪过。在每一组镜头上，她都加了自己长长的、出于内心的解说词："当我跟着姑妈第一次乘上去阿尔及尔的火车时，我觉得火车就像一条很大很大的粗壮而又可怕的蟒蛇！这条蟒蛇在蜿蜒曲折的铁路上爬行着，越过森林山峦，穿过隧洞河谷。它的呼啸声在群山幽谷中回荡，火星儿嘶嘶地在底下飞溅，头上长长的鼻孔喷出黑乎乎的浓烟，它的轰鸣声仿佛是对修铁路的人和乘客发出的怒吼。它在铁路上行驶就是永恒的生活。我也是如此，只能按父亲的要求生活，只要一出轨，就会车翻人亡！我这火车是按别人的意志行驶的。然而，我又是弱者，火车却是强者，它能摧毁前进道路上的一切障碍，特别是发明和制造火车的人！阿尔及尔，阿尔及尔的十里长街，还有它的夜晚，明净的天空上闪烁着的星星，都好像要飞近地面……阿尔及尔的高楼大厦可以与巍峨的山峰相比！茉莉花的芬芳，是乡下人不曾闻到过的……大海是一面蓝色的镜子，太阳可以在海上照出自己的尊严面容。夜晚，这面镜子又变成一座游泳池，那些星星女郎在水里游，与月亮幽会……大海是人们常想去游玩的地方，也是那些梦幻者寻找梦境的好地方。除此以外，它这是生物繁殖与死亡的地方。啊，我的阿尔及尔！可我在这里的生活是多么的痛苦！在阿尔及尔，姑娘经常追求最时髦的方式，来显出她本来也许不太引人注目的美；而在这里，我们却寻找最古老陈旧的方法，把美与丑一起隐藏起来。在阿尔及尔，我们每天外出，有时一天好几趟；而在这里，在我们整个一生中，只能出去三次……在阿尔及尔，我考虑一切问题，唯独没有想到自己，要说考虑的话，那也只是从自己与其他人的交往上来考虑；而在这里，我不得不考虑自己的事，要是我想到别人，那只能与我的事有关……

“我根本不知道，我在未来漫长的岁月中，要过这种悲惨、无聊的生活！过去的十八年尽管是短暂的，却记载着值得回忆的往事……在阿尔及尔，我有自己的前途；在这里，我的前途在哪儿？父亲主宰着我的前途，是他想让我活在人世间的。我的父亲始终都是我的主宰。甚至连我的眼泪也不能为不属于我的生活而流淌。父亲掌握着我和我母亲的生命……女人的一生，只能属于男人。那位心理学家还说：‘尽管一个人大祸临头，但是最后选择的自由，还是在自己手中。’我能自由选择的是什么呢？自杀？也许这是个好办法。我把绳子套在脖子上，往梁上一挂，只有一瞬间的痛苦，然后，一切痛苦都完结了。自杀，对，这是值得考虑的主意。我得先写一封信，说明自杀的原因，然后去死，给后人留下一个前车之鉴。可是，让谁来发现我的信呢？如果信落在父亲手中，那么，这信的命运，就会同我的命运一样。不，写信没有用！即使这信没有落在我父亲手里，而是落在别人手里，并且把信的内容宣扬出去了，那么，也会有人说我是疯子的。这能算是一封为了妇女解放的绝命书吗？我在胡想些什么呀？我还想寻求妇女解放？我连自己都解放不了，只有自杀！而自杀是最懦弱、最胆怯的表现，也算是少有的勇敢！而我既不是懦夫，也不是勇士！可见，自杀没有任何价值，最好别想它。对，这里还有一个主意：我到村里的咖啡店去，当众宣布，说我父亲不让我继续上学，理由是我已经到了结婚的年龄，就不应该再读书了。他还强迫我跟对他有用的人结婚，这事他没有任何理由，只因为他是我生活中的主宰，我就像是他的一小块土地，或者说是他的一件货物。我这么做，要是父亲在场的话，他一定会把这事看作是只有用血才能洗刷的家丑，那么，他会把我杀死的。但是，人们也许还会说我是疯子。父亲要是相信了这点他就不会把我杀掉，而又会把谢赫·哈穆达请来。不，不！这也不是一种值得选择的办法。那么，我还能选择什么呢？屈服？不！逃跑？对，这是个主意。为什么不逃跑呢？这只需要一点儿胆量和安排就行了，我就能彻底地从这个悲剧中摆脱出来。这是一个好主意，我从来没有想到过的好主意！真是踏破铁鞋无觅处，得来全不费工夫’。奇怪，这样好的主意，怎么会一直隐藏在我心里？逃跑的确是个办法，是条路子。啊，主啊！现在我才感到心情舒畅愉快……”

逃跑使奈菲赛忘记了自己的病，也忘记了自己的痛楚，她的心中又燃起了希望。这是十八岁姑娘所特有的希望！

不一会儿，她想睡觉了。可是怎么也睡不着，她只好策划起逃跑的计划来。母亲又来了，她端来了一碗鸡汤，奈菲赛狼吞虎咽地喝了起来。由于心情愉快，她对母亲的态度变了，她不像先前那样冷冰冰的，现在说起话来温柔亲热多了。母亲看到，女儿只一会儿工夫，态度就有这么大的转变，感到十分诧异。她把奈菲赛的转变，归功于护身符、符咒和念符咒的法力。她自言自语地说：“只要谢赫·哈穆达一开口，那真是没说的。”

母亲离开女儿走了。两人都对这样的结果感到满意。

* * *

哈伊拉告诉丈夫，女儿的病好了，加迪听后也感到欣慰。他说：“像谢赫·哈穆那样的长者确是为数不多的。他们能牢记前人的哲理，并利用它，造福于别人。”他心里还在这么说：“要是奈菲赛的病拖久了，我的计划就要完蛋了，最后就会坐失良机。”

加迪的逻辑的确离奇古怪：他深信马立克会接受这门亲事，尽管马立克对这件事至今没有说过一句肯定的话。

哈伊拉又说起奈菲赛来了：“假如晚上有人像我一样，在她昏迷的时候见过她，现在再来看她，那么，他一定会大吃一惊：她晚上像个死人，可是过了一夜，又好像什么病也没有生过！”

加迪也对妻子提起那个使奈菲赛昏过去的事来：“感谢安拉使她的病这么快就好了。现在要紧的是，赶快张罗咱们女儿的婚事。”哈伊拉回答说：“要是你想使自己体面一些，名声也好听一点儿，那你就该把我说的那些东西全买来。”

加迪误解了妻子的意思，他反问道：“我在众人眼里哪一天不是体体面面的？我的名声有哪一天不好过？难道我还不懂该买些什么？这还用你操心，还要你来教训我？”

哈伊拉看见丈夫有点儿生气，便安慰他说：“我是母亲，女人需要些什么，男人知道的总是很少。我并不想教训你，你是最精明能干的人，不过有关办嫁妆的事，如家具、各式服装等，咱们还应该去问问姑娘，她比我、比你都清楚，什么东西才是称她心的。”

加迪赞同地说：“这话说得有理。那你去问问她需要哪些衣服和别的东西，她想要什么，我给她买就是了。”

哈伊拉还想打听丈夫向马立克要些什么，于是问道：“咱们问他要的彩礼多吗？还是跟平常人家的一样？”

“我不要他任何彩礼，他最知道什么才能使他和他妻子称心如意。我攀这门亲事只是想叫女儿过上安逸舒适的日子。”

“这就够啦。”哈伊拉信服地说，“马立克真是一位好人。”

加迪接着说：“他要是能把婚礼办得两家都称心如意，那么，他所需要的一切费用我可以全部包下来。我并不在乎那几个钱，只要女儿能幸福就行了。”

哈伊拉并不相信丈夫的这些话。她很了解丈夫，他是个惜钱如命的人，为了赚钱，他可以不择手段，不管什么体面和光彩。同时，哈伊拉也知道丈夫攀这门亲事的目的：他要使马立克成为他与政府之间的一堵挡风墙，政府现在正要他交租税、交土地。哈伊拉她同意这门亲事，却是因为她喜欢马立克。马立克从前曾经是她大女儿的未婚夫。她一直以为，马立克至今没有结婚是为了悼念死去的未婚妻。鉴于这种看法，哈伊拉一直觉得马立克确实是一个好人。从另外一方面来说，她也不能反对丈夫，她无法阻拦丈夫想要做的事。

哈伊拉问丈夫："什么时候联姻呢？首先一定要读《古兰经》首章，在举行婚礼之前要鸣枪报喜。"

丈夫回答说："快了，所有的事都快办好了，也许是明天，也许是后天。你去跟女儿说说这事，问问她要买些什么。我太累了，现在要睡觉了。"

* * *

加迪了解马立克与教师塔希尔之间的友谊。在工作之余，他俩总是形影不离。尽管两人在许多问题上观点经常有分歧，可还是好朋友。两人都过着单身汉的生活，经常受到人们的阿谀奉承；两人也都有文化，能互相接近，常常推心置腹地促膝谈心。现实世界尽管很美，可是并不能满足知识分子悠然自得的爱好。此外，两人都各自敬佩对方为民众利益服务的献身精神，以及在民族解放战争中的战斗精神。所以，他们两人的友谊是加迪和大多数人们所公认的。

加迪曾经想跟塔希尔谈谈他女儿跟乡长结婚的事，从塔希尔那儿了解一些自己不知道的情况。要是时机成熟了，加迪还会请求塔希尔从中帮忙，敦促他的好朋友尽快决定，举行订婚典礼，然后按照风俗习惯，向大伙儿正式公布喜讯。

一大早，加迪起床就直奔中央村，塔希尔老师就住在那里。他到中央村的时候，太阳才刚刚爬上山岗，于是他进了古维德尔大叔的咖啡店。古维德尔大叔是中央村和附近村庄大多数人所信赖的人。他最早开咖啡店，同时，还赢得了顾客的尊敬。这些我们在前面已经说过，也就不重复了。

在咖啡店里，加迪没有见着塔希尔，便决定等他一会儿。要是塔希尔不来，再去他的住处找他。加迪去要了一杯咖啡，在一个空位子上坐了下来。不一会儿，古维德尔大叔把咖啡端来了，而且在他的旁边坐下。古维德尔大叔说："加迪先生，你好吗？今年收成怎么样？"

"赞美安拉，一切如意。你好吗？生意还好吗？"

古维德尔大叔一边摇晃着脑袋，一边说道："还过得去，我既不吉星高照，也不厄运临头。不管怎么说，像我这样年岁的人，还活在世上，得感谢安拉。至于生意，你是知道的，咖啡店这一行当，总是整天忙忙碌碌，没有闲着的工夫，坐着休息一会儿算是不错的了。"

出于礼貌，两人海阔天空地闲扯了几分钟。这时，塔希尔在马立克的陪伴下，走进了咖啡店。加迪一看见他俩，马上站了起来，笑容可掬地向他们打招呼，请他们坐下跟他一起喝杯咖啡。两人同意了。于是，三个人东扯一句、西扯一句地聊了起来，比刚才加迪同古维德尔大叔的聊天，更不着边际。马立克像往常碰见加迪一样，沉默寡言，话语不多，没办法时才搭讪几句，塔希尔这时却侃侃而谈。马立克的沉默寡言，使塔希尔诧异、纳闷，因为他已听说马立克是加迪女儿的对象。如果加迪不在场的话，塔希尔一定会问马立克为什么不说话。

喝完咖啡，马立克站了起来，说要回办公室去，他又问塔希尔是否和他一起去。塔希尔拒绝了，因为他不知道去乡公所有些什么事。这时，马立克既没有向加迪告辞，也没有像请塔希尔那样请加迪同他一块儿去办公室，便走出了咖啡店。加迪对他这种极不礼貌的举止感到很不痛快，他转过身子，对塔希尔说："我原来就想请你跟我待一会儿？说真的，我到这里来，是为了找你的。"

塔希尔惊讶地问："找我？"

“是的。我本来想跟你说一件事，要是不难为你的话，还想征求一下你的意见，请你帮个忙。”

塔希尔心里琢磨着这是怎么一回事，口中答道：“没什么，你就请说吧！要是能帮你忙，我一定尽力而为。”

加迪说：“我看咱们还是另找一个离人们远一点儿的地方，单独聊一聊吧，你看怎样？”

“你的意思是咱们到咖啡店外面去？”

“是的，要是这样没有什么不方便的话。”

“好吧。”

*　　*　　*

塔希尔对加迪是非常敬重的，他不是马立克和加迪那个村子里的人。民族解放战争期间，塔希尔不在这个乡，他对村里发生过的一切，不像马立克了解得那样清楚。而且他还认为，那些在独立后没有离开祖国的人，即使被指控犯有叛国罪，或者确有叛国的嫌疑，也不能算是卖国贼。在塔希尔眼里，加迪不能算是卖国贼，而说他是一个利己主义者倒是比较合适的。加迪在一定程度上是封建地主，他的财产有当地地方官的一半。然而塔希尔认为，他和所有富裕农民的情况差不多。那些人都自认为，没有他们，土地就会荒芜，因为人们不喜欢干活儿，不爱土地。这种狡辩并不能蒙蔽了解真相的人，实际上，有土地的人并没有在拼命劳动，而只是坐享其成。土地并不是为他人利益服务的，而是在为他们的私利效劳。塔希尔并不是那种十分注重经济问题的人，他不是土地改革的鼓吹者，也不是土地改革的拥护者，只是一个为实现阿拉伯化而呐喊，为普及教育而工作的纯粹的民族主义者。他从事的职业是教书，所以他对教育方面的了解远远超过对经济问题（复杂的经济形势、经济危机等）的了解。从另一个角度来说，塔希尔跟大多数同事一样，深受现代文化复兴和以往文艺繁荣时代经典著作的熏陶，他深信阿拉伯语是最美的语言，伊斯兰教是最好的宗教，民族荣誉不是依靠人民得来的，而是归功于英雄豪杰和领袖人物的天才，个人主义归根结底是个人奋斗的结果，集体主义只能有利于集体主义分子……这些都意味着塔希尔的思想和处世哲学与马立克的思想不同，而与加迪的思想更相近。加迪要是像马立克那样是个知识分子的话，那么，塔希尔与他的友谊一定会比跟马立克的友谊更深厚。不过，塔希尔与加迪毕竟不一样，他还没有到壮年时代，上无片瓦，下无寸土，是个一无所有的职员。他在工作中，无限忠诚于自己的祖国。由于这些因素，塔希尔对加迪总是怀着敬重、佩服的心情。特别是因为加迪同情知识分子，而且跟其他人的父亲不一样，他积极鼓励儿子加迪尔上学读书。

* * *

加迪和塔希尔在路旁的树荫里，找了一个地方：加迪对塔希尔先生说："要是允许的话，我要向你请教一件事，这事既简单，又棘手。"

"请说吧！要是我能帮你一点儿忙的话，我一定尽力而为。"

加迪说："大伙都在谈论着马立克先生与我女儿的婚事，不瞒你说，要不是我们遭到的那场悲剧，他早是我的女婿了。我大女儿在那次火车事件中，成了牺牲品。"

"你要我做些什么呢？"塔希尔说，"是的，我们大家都听说过这门亲事，虽然马立克先生他一次也没跟我提起过这事，可我也很清楚。"

加迪来这儿的目的是比较清楚的，他想从塔希尔嘴里打听马立克是否跟他谈过一些有关结婚的事情……加迪接着又说："塔希尔先生，我向你求教的事，首先是想了解一下，你对这门亲事的看法，这事已经是家喻户晓啦！”

“加迪先生，我不能允许自己给你什么忠告，特别是在你最清楚利害关系的事上。”

加迪听了有点儿扫兴，他觉察到这样提这件事是不妥当的。他揣摩着，如果拐弯抹角地提及这件事，也许会有好的效果。于是说道：“不，塔希尔先生！事情正好相反，你在人们心目中的地位和你的文化水平，使你成为最有权发表意见的人，不管是对大人，还是对孩子。我请求你发表意见，并不意味我害怕或讨厌这门亲事。马立克先生是一位有威信的人，我实际上是想了解他打算何时向人们正式宣布订婚。你是知道的，咱们这儿的人最发愁的是，眼看着一个十八岁的姑娘还住在娘家。再说我每天都碰到许多向我女儿求婚的人。这门亲事在人们中间传来传去，已经到了不能不结束的地步了。爱管闲事的人经常猜测什么时候宣布婚约，我对此常常感到烦恼。我就为这件事，想跟你谈谈，请你看在你和马立克先生的交情上……”

塔希尔觉得加迪有点儿强人所难，他说：

“可是你要我干些什么呢？”

“要是不为难的话，我求你去跟马立克先生说说这件事，趁早把它定下来。”

塔希尔沉思了一会儿，说：“好，既然如此，我就去跟他说说。”

“谢谢你，我不会忘记你的恩德。我还有最后一个请求，那就是请你在交谈中，不要让马立克觉察出是我请你去跟他说的，因为他是一个很敏感的人。”

“这你就放心吧。”

“那么，我就等到晚上听你跟他谈话的结果。”

“那行。我现在就去他办公室。”

“多谢了。”

*　　*　　*

塔希尔走进了乡公所马立克的办公室，马立克正在忙着打电话。他看见塔希尔来了，便用手指了指凳子，让他坐下。他继续在打电话："……你是这样认为的吗？……不，绝不！……你错啦！这件事还处于萌芽状态，没有一个人能在一两年之内等到它的成功。如果要工人为农业服务，那么，他们从现在起就不可能全力以赴地进行自治工作啦！……有了设备并不等于有了一切，它的成败还取决于其他一些数不清的事情，……怎么？不，……不可能！我不是空想家，也不是顽固不化分子……谁？……改革，改革……我绝不是开玩笑，土改是唯一的道路。不，不！人民……农民不想干？……这是空想……当然，我知道这并非是一朝一夕的事，可是……什么？对此不用怀疑，你就会看到……在五年之内？……日期倒无关紧要……把每项原则和预定的目的解释清楚之后……他们是被迫才要土地的……你要是还活着，你将会看到……我知道你现在还活着……要是成的话，你会吃什么亏？……我？如果不关我的事，我也不会把自己埋在这个村子里了，……你怀疑吗？结婚？……首先是土地……是的……再见！"

马立克哈哈大笑着把电话搁下，然后对塔希尔说："里达大发雷霆……"

塔希尔问："他从哪儿给你打的电话？"

"阿尔及尔。"

"他还在农业部？"

"你想他能到哪里去？他一直待在那儿。"马立克接着对塔希尔戏谑道，"你没有跟我一起离开咖啡店，后悔了是不是？"

“我一点儿也不后悔。”塔希尔回答。

“那么，你干吗又来这儿？”

塔希尔奚落说：“我是向你求教来的……”

马立克瞟了朋友一眼，然后又看着自己面前办公桌上的公文，同样用奚落的语气说：

“你做得好哇！我的朋友，向我请教什么？”

“婚事。”

“婚事？这是好事。你所倾心的安琪儿是谁呀？”

塔希尔讥讽地说：“要是我给你描述这位安琪儿，怕会使你恼怒。不过，我可以给你透露一点儿她的情况：有人说她是这儿最美丽的姑娘。听说，她是知识分子，还说是你的王国里的财富最多的人的女儿……”

马立克打断了他的话：“对不起，对不起！我还未正式宣誓登基呢，我还只是个穷乡僻壤的可怜乡长！”

塔希尔继续说：“听说她是你的未婚妻，如果这是真的话，我就改变向她求婚的主意，要是假的话，我向她求婚啦？”

马立克笑吟吟地凝视着塔希尔，手指有节奏地轻声敲打着办公桌。他已经觉察出这些话与加迪的谈话有关系，便继续奚落道：

“你不愧为我忠诚的朋友，假如我把她让给你，我有什么报酬呢？”

塔希尔揶揄道：“把所有给慈善家的报酬都给你。”

“有这样的好事？”

“那么，你不打算出让了？”

“我没有这么说。但是，你也得让我考虑考虑，你说对不对？”

“人们考虑婚事一辈子只有一次，不必终生操心。”

“谁告诉你，我和别人一样考虑婚事？”

“请原谅，我错了。你不是一个普普通通的人，而是一个地地道道的演说家。”

马立克沉默了一会儿。他又回想起那遥远的过去，那是一个充满着恐怖和火药味的世界。宰莉哈那张阴暗而又伤感的面庞，又浮现在他眼前。由此他又想到了奈菲赛在拉赫玛大娘临终前，坐在大娘身旁的情景。此外，这漫长的时间里所发生的一切，都在他脑海里闪过……

塔希尔在马立克沉思的时候，从他脸上和眼神里，看到了自然流露出来的心灵悲伤和痛苦的阴影。他给马立克吟了一句诗：

“‘黄昏勾起了我对往事的回忆’，对我说吧，你在想什么？”

马立克微笑着说：“想结婚的事……”

“我想，你还在考虑让不让……”

“为了朋友，我什么都在所不惜。”

“可是，女人除外。”

马立克又问道：“你说，这些天，你不打算到阿尔及尔走一趟？”

塔希尔明白马立克是想用玩笑来避开婚事这话题，便回答说：

“我到阿尔及尔去干什么？我既不打算去那里，也不打算去其他地方。你想去阿尔及尔？”

“也许是，可是我不知道有没有时间。”

塔希尔在考虑如何使朋友的话题回到婚事上来，他是特意为这事来的。于是他说道：

“你说，你是否愿意我开诚布公地跟你谈谈这件事？”

“请吧！”

“刚才我在咖啡店里，听到人们在议论你不跟岳父握手告别就出来的事，你干吗要这样做？”

马立克惊愕地问：

“我没跟岳父握手？你说的这岳父是谁？”

“当然是加迪喽。”

“你把他当作我的岳父？”

“人们都这样认为，并非我一个人这样想。”

“人们怎么认为我并不在乎，可是你……你也这样想？”

“我问你这话，你却回答别的，干吗这样回避？”

“我回避什么？”

“人们到处都在议论你将跟那位姑娘结婚的事，而你倒有能耐，一声不吭。你不认为现在是时候啦？”

“请你跟我说清楚，这是你的主观意志呢，还是别人指使你这样说的？”

“这不关你的事。我非常坦率地告诉你吧，我很想知道你的态度。”

“何必这样费事呢？如果你要向她求婚的话，我这里可没有什么妨碍你的。”

“可妨碍我的正是咱俩的友谊！”

“友谊与你的或我的婚事毫不相干。你如果想要她，就要吧，那是你的自由！”

“我的自由取决于你开诚布公的态度。”

“我的朋友，并非所有的事都必须开诚布公的。”

“看来，你是决定要跟她结婚啦？只是从物质条件来说，你现在还不行，因此你才这样耍滑头……”

“你的话是捕风捉影，换句话说，只是一种不足为奇的谣言。你打算还将它传播吗？”

“我散布流言蜚语有什么好处？难道我把咱俩的友谊只当作是一种虚情假意？”

“这是你说的。我可没把咱俩的友谊当作是虚情假意。在许多问题上咱俩可能有分歧，但这并不妨碍咱俩之间的友谊。”

“你变得直言不讳了。”

马立克认真地说："这种事我不能不坦率地说。"

两人都不说话了，他们已经到了无法继续谈下去的地步。塔希尔从谈话中得出一个结论：马立克是打算跟奈菲赛结婚的，但是由于某种原因，他不愿意透露真情。塔希尔特别清楚地知道，当事情还只是一种心愿与希望的时候，他的朋友是不愿意公开的。但是从另一方面来说，塔希尔又后悔自己不该答应来做说客，现在与朋友产生了误会。塔希尔离开了办公室，他要去加迪那里，把自己从谈话中得出的结论告诉他。

* * *

加迪觉得时间过得缓慢，几秒钟仿佛像几分钟，而几分钟又仿佛像几个小时似的。他害怕塔希尔带回来的结果正与自己的愿望相反。他时而揣测着结果，嘴里咕哝道："别无办法，只靠安拉！"时而又在座位上朝对着咖啡店的那条路上看几眼。忽然，他瞧见塔希尔从远处迎面而来。安拉保佑，他觉得心跳都加快了。塔希尔没有耽搁多久就回来了，他感到高兴。于是他站了起来迎上前去，走到刚才坐过的地方，迫不及待地问道：

"请你原谅，我给你添麻烦了。你见到马立克先生啦？"

"见着了。我想从他那儿得到一个明确的态度，可是他还是老脾气，对有关他私生活的问题，总是躲躲闪闪，避而不答。不过，我可以肯定，他是愿意结这门亲的。整个谈话过程中，他总是小心翼翼的，生怕说出他不愿结婚的字眼。"

"那么，他真的愿意结婚？"加迪紧接着问。

"我可没这样说。我是说，看起来他有那样的意思。"

加迪仿佛要使塔希尔的揣测变成不可争辩的事实，又问：

“他是不是想结婚，可又因为某些原因无法尽快完婚，是不是？”

“也许是。”

“毫无疑问，拉赫玛大娘的去世对他来说是一种打击。”

“也许你说的是对的，也许是另外一码事，反正他不想说出来……”

“你想想看，假如大娘没有死，有什么东西会妨碍他？”

“这我不知道。也许他现在的境况，无力支付办婚事的费用……”

“什么费用？要是他跟咱们挑明了因为这事为难，咱们一定会帮他解决的。你说对不对？”

“大概是吧。好了，现在我该告辞了，因为我还有一个约会。”

塔希尔并没有任何约会，只因为他发觉跟加迪谈话很不对劲，又十分别扭，还是一走了之为好。加迪这时感激地向他告辞说：

“给你添了麻烦，真对不起！我一辈子也不会忘记你的好意。”说完，两人分了手。加迪高兴得不亦乐乎，因为他第一次发现有人跟他一样认为：马立克希望跟他的女儿结婚。

*　　*　　*

奈菲赛为了消磨时光，正在跟弟弟加迪尔闲聊。她问弟弟：

“你学过阿尔及利亚地理没有？”

加迪尔蹲在地上，天真地回答说：“学过呀，上学期就学了。”

奈菲赛哈哈地笑着对他说：“要是我问你一个关于地理方面的问题，你能回答吗？”

“如果不难的话……”

“很简单。我问你，除中央村的火车站外，还有哪一个车站离咱们村近？”

“‘迈济塔’车站是离咱们村最近的！”加迪尔因为自己能答上来

感到扬扬得意。

“到‘迈济塔’车站要多长时间？”

“从咱们村走过去？”

“当然是从咱们村走。”

“如果走得不太快，要走两个小时；如果走得快，一个小时就够啦。”

“还有一个问题，要是有人问你从这个站到阿尔及尔的火车时刻表，你能回答吗？”

“是夜里的，还是白天的呀？”

“白天。”

“假如时刻表没有变动的话，那是下午两点。”

“为什么？难道时刻表有时还会改动？”

“这我可不知道了。”

“我看不会。火车时刻表不可能天天变，变动的时候是很少的。”

这样，奈菲赛从弟弟那里弄清楚了她精心策划的逃跑计划中最后一个未知数。她在找到一个自我解救的办法时，没有放过任何微小的细节，以防发生意外。她已经制订好了逃跑计划，时间选在星期五，这一天是赶集的日子，她爸爸和弟弟一定都去赶集了。星期五也是上坟的日子，母亲不会不去的。在她决定逃跑的那个星期五，如果母亲不去上坟，那她将千方百计地催促她去。她离开家的时间，必须正好是母亲在坟地的时候。奈菲赛知道，母亲要去看看与民族解放军烈士埋在一起的姐姐宰莉哈的新墓，还有姥姥以及她亲属的旧坟，最后去看看拉赫玛大娘的坟……这次扫墓来回大约需要三个小时。她在这段时间里赶到“迈济塔”车站是绰绰有余的。火车是下午两点钟开，这个时候她爸爸还在中央村。赤日炎炎的中午，他是不会回家的，一定得等到天气凉爽一些才回家。为了这次逃跑，她还筹集了一些钱，足够支付车费和饭钱。因为她无法从家里带走什么，要是路上发生不测的事，不能直接到达姑妈家的话，那就有可能在旅馆里住上几天。此外，她还带了一些够她在一个月内替换的衣裳，其余的衣服和书都留在家里。

“逃跑计划”非常周密详尽，没有一点儿破绽，甚至连化装的事也想到了。那天，她要穿上爸爸的斗篷，这样可以避开路上人们好奇的目光……

现在只等逃跑计划付诸实践了，这一天不会太远了，再过两天就是星期五了。

* * *

南风来势凶猛地怒吼了起来，呼啸声疯狂地震撼着大地，并在山间和各个角落回荡。这呼啸声把人们弄得心神不定。初夜时分，奈菲赛躺在床上翻来覆去不能入睡，狂风的呼啸声使得她心慌意乱。她担心南风继续刮下去，母亲可能会改变主意，不去上坟。而这次上坟，是经过奈菲赛多次催促，母亲才决定去的。此外，奈菲赛对这次暗地决定进行的冒险行动，感到恐慌与惧怕。她忖度着：要是冒险不成的话，她的双亲会如何对待自己？各种流言蜚语、造谣诽谤将会如何从天而降，落到她身上……她暗自想着：“人们会对我说三道四，我会挨亲人的辱骂训斥，在众人面前丢脸……要是逃跑不成，我爸爸一定会杀死我……他会喝我的血，还会把所有的怒气发泄到母亲身上，甚至会伤害她……”

想到母亲将会因为她而受到连累，奈菲赛有点儿于心不忍。她继续自忖着：“可是我没有别的办法，只有逃跑，这是唯一可取的抉择……不，我绝不退却！不管会受到什么样的惩罚，我一定要把逃跑计划付诸行动。我宁愿死，也不愿过那种忍气吞声、遗恨终生的生活。如果这一次，我借口会碰到挫折或母亲会受到伤害而变得胆怯，缩手缩脚，以致在逃跑的决定上后退的话，那么，我的命运将会永远置于他人手中，任人摆布，这是我打心眼里不愿接受的。不，我绝不后退！明天，我要永远地离开我生活着的人间火狱。一切听天由命吧！”

奈菲赛使劲地翻了一个身，用毯子把头蒙上，想睡觉。尽管她忧心忡忡，思绪万千，不一会儿，还是进入了梦乡。

清晨，奈菲赛醒来时，风已经停息了，碧空万里，阳光和煦。奈菲赛心中不由一阵欢喜，父亲和弟弟已经去中央村赶集了。母亲正准备去上坟，她跟往常一样，准备好面包，并抹上黄油，然后把面包搁在一只由椰枣树枝做成的篮子里，里面还放着昨天买来祭礼用的椰枣。她看见女儿时，便说：

“我在等你起床呢！要不，我早去坟地啦。”

“时间还早。不过你想去，现在就去吧！”

奈菲赛这样说着，她怕一会儿母亲对她产生怀疑。

母亲刚走出家门，奈菲赛就飞快地跑进自己的卧室，把随身衣裳塞进一个小旅行包里。然后，又跑到母亲的房间，打开那只父母合用的衣柜，取出斗篷，穿在身上。她站在衣柜镜前，照了照自己女扮男装的模样。她发现这斗篷给她穿，稍微长了些，但总的来说，这身打扮还是令人满意的。尤其是那条西式长裤，使她撩起斗篷前襟的时候，不用担心露出她的真面目。奈菲赛又回到自己的卧室，提起旅行包，走出了家门。

* * *

自从决定逃跑的那天起，奈菲赛就一直想方设法，从弟弟和母亲那里打听去“迈济塔”车站的道路。她还多次走出院子，站在家门口，眺望着她将要走的路。“迈济塔”车站位于村子前方的洼地里，只要离开加迪家几步远，就能看见车站。乍一看，从村子到车站只不过三四公里，而实际上，到车站要经过好多地方，有洼地、高坡，还有羊肠小道，所以远不止三四公里。

奈菲赛加快脚步朝车站方向奔去。她一离开家，绿荫环抱的车站就映入了她的眼帘，车站北面，矗立着赭黛色的山峦。走了约一公里路程的光景，奈菲赛已经是汗流浃背了。她身上披着斗篷，里面又严严实实地穿了许多衣服，再加上她不习惯走路，她步履蹒跚地赶着路，累得气喘吁吁。她越来越觉得疲乏不堪了……

在离家约有一小时的时候，奈菲赛来到了一个松树成荫的地方。这是一片荒无人烟、野兽绝迹的地方，她决定在这里休息一会儿。奈菲赛已经精疲力尽，嗓子干得快冒烟了。她要走完这最后一段路程，是非常艰难的。

奈菲赛坐在地上，想看看车站在哪里，可是，车站连影子都没有。她又回头看看村子，想知道究竟走了多少路程，但是，村子也无影无踪了。这里是一块洼地，长着一片松树，四周是层峦叠翠的山峰，附近见不着任何村落。在这旷野上，奈菲赛既不害怕，也不感到有什么危险。也许这是因为她心在想如何走到车站，然后乘车去阿尔及尔，并对姑妈说些什么的缘故。

奈菲赛站起来，继续上路。她迈着沉重的步子，艰难地走着。她走进一个地方，这里除了松树之外，还长满了芦苇、灌木和蒺藜，这就是被人们称为“贝都因”的地方。这里还长着一些枝叶茂盛的树木，奈菲赛叫不上它们的名字……她越往前走，眼前的松树越茂密。干渴没有饶过奈菲赛，她只觉得口干舌燥，好像烈火在胸中燃烧。她身体不时地被荆棘扎到，痛得跳起来。她开始意识到了这次冒险的严重性，眼前的道路已经无法用里程来计算了，她必须再进行一次十分艰难困苦的跋涉……

奈菲赛在荆棘丛生的树林中继续行走着。天气闷热，热气蒸腾。要不是去车站这个坚强信念驱使着她，她肯定会疲惫得倒下。其实，她从家里出来后，才走了六公里左右的路程，可是她觉得，似乎已经走了二十多公里！

倒霉的事终于发生：原来她已经朝着车站相反的方向走了一些时间，走进森林后，更是迷了路，走错了方向！

她拖着沉重的双腿，踉踉跄跄地走着。这里野草丛生，长满了酸枣树和骆驼刺，带刺的野生植物缠结在一起，不少树枝低垂着，奈菲赛不得不弯腰钻过去。她在跨过一丛芦苇时，突然，窜出一条蛇来！奈菲赛尖叫了一声，拼死地朝前跑去……她吓得心怦怦直跳，气也喘不上来了，她魂不附体，全身直哆嗦，既不敢往前走，也不敢往后退。过了一会儿总算好了些，她决定还是继续赶路，不管要付出多大代价……

可是不幸的是，奈菲赛要付出的代价实在太大了，她还没有走出几米路，就觉得右脚被什么东西咬了一口，这跟进森林后被荆棘划破的感觉大不一样，她低头一看，原来是条有古铜色斑纹的蛇咬了她，这条令人愕然失色的蛇，一会儿就悄悄游走了！

奈菲赛把右脚的裤管卷起来，发现被蛇咬的地方有一滴黑色的血。一会儿腿就慢慢发红，然后变黑了。她知道伤口严重地威胁着她的生命。这危险是眼泪、喊叫和逃跑都无法摆脱的。她下意识地掏出手帕，把它绑在右腿上部。她还没有扎好手帕，毒液便使她尝到了剧痛的苦头。她感到全身一阵阵地发疼，好像是一块玻璃或是一根针划破了她的皮肤，扎进了她的肉！她觉得全身的血管都要裂开来了！她头晕目眩，一阵阵恶心想呕吐。她用仅存的一些知觉思索着：我快要死了！在这阴森可怕的森林里，没有一个人会来拯救我的。

在闭上眼睛之前，她忍着周身剧烈的阵痛挣扎着。可是她完全绝望了，她觉得眼前黑乎乎的，什么也看不见。一阵天旋地转之后，便倒在地上，不省人事了。

* * *

拉比哈这位昔日的羊倌，像往常一样到山里砍柴，星期五也不例外。而护林人在星期五这一天，要在办公室里忙于接待络绎不绝的来自中央村的乡亲们,所以不去森林巡视。拉比哈砍好了柴,捆好,让母驴跪下,把柴装在驴背上，然后吆喝几声，母驴就站了起来，他又用绳子把柴结结实实地捆在驴背上不让它摇摇晃晃。而后，他用赶牲口的马鞭子抽了一下母驴，母驴便乖乖地、慢腾腾地走了起来，好像为了讨主人喜欢……

这时候，大约是上午十点半左右，太阳已经灼热得炙人了。拉比哈对这新行当感到满意，他变得更加自由自在，也更富有责任感了。在过去，放一天羊或者放两天羊都得主人点头说了算才行，他和母亲的生计大权掌握在别人手中。而现在，他自由了，独立自主了，也就是说，是一个真正的人啦！可是，唯有一件不称心的事，那就是在砍柴归来的路上，不能吹起心爱的笛子，怕给护林人听见。今天，路上没有同伴，只有那头母驴陪伴着他。他给母驴和自己哼了一支忧郁伤感的贝都因小调，并不时地回过头来东张西望着，生怕护林人万一藏在什么地方。当然，他也确信，星期五这天，护林人一般不会来。可是谁知道呢？忽然他瞥见远处有一个人躺在地上，真是一件怪事！他要继续赶路,也就没有朝躺倒在地上的那个人走去。他有点儿为难地嘟囔着："也许这是一个贼，为了谋财害命在装病，或者装死？……不，我绝不上那儿去。管他是贼，还是病人或者别的什么人，反正跟我没关系。"

拉比哈一边走，一边想，“如果他真是一个贼的话，那他看见我还继续赶路，一定会跟踪我……不过，管他是绿林强盗，还是别的什么人，都不关我的事。我是一个穷光蛋，身上没有什么使人见财起意的东西，我什么也不怕！只有护林人才使我胆战心惊呢！”

拉比哈继续赶着路，不时地回头瞧瞧躺在地上的那个人。可是，好奇心终于使他停下了脚步，他按捺不住了，想要弄明白这是怎么一回事。拉比哈决定折回去看看……当他回到那个地方时，他愕然失色了！原来躺在地上的竟是一位女扮男装的女人，她的生命危在旦夕！拉比哈把她翻了个身，仔细一看，原来是奈菲赛，这位姑娘曾经骂过他“你这个臭羊倌”。现在她的小腿被蛇咬伤后，已经变黑了，身上和脸上也都发青了。拉比哈能在这种情况下撇下她不管，以此泄私愤、报私仇吗？这是不应该的。拉比哈精通医治蛇伤，被蛇咬伤的人只要还有一口气，他一定能救活他。他迅速地抽出腰刀，轻轻地割开伤口，伤口里流出来的血黑得像焦油！他把嘴凑近伤口，吮吸毒血，再把毒血吐出来。过了一会儿，他又解开扎在姑娘小腿上的手帕，又吮起毒血来。然后，又重新把姑娘的小腿用手帕扎好，奈菲赛仍处于昏迷状态。拉比哈赶紧去寻找一种草药，一种医治蛇伤的灵丹妙药。他当羊倌的时候，曾多次用这种草药在羊身上做过试验，很有效。拉比哈找来那种草药后，用嘴嚼碎敷在奈菲赛伤口上，又割下一段缠头巾布把伤口包扎起来。最后又取出挂在母驴背上的盛水的皮袋，把水洒在姑娘脸上。不一会儿，姑娘的双眼微微张开，拉比哈心中不由一阵欢喜。这时，奈菲赛却还是昏昏沉沉的。过了一会儿，奈菲赛才恢复了知觉，她感到一阵阵剧烈的疼痛。但不管怎么说，她为自己能死里逃生而庆幸。在生命垂危的时刻有一位救命恩人待在她身边，这也使她感到欣慰。她极力忍着剧痛，问道：

“你不就是羊倌拉比哈吗？”

拉比哈羞羞答答、结结巴巴地说："我……我是拉比哈。不过，现在不放羊了……"

奈菲赛想起了那个皓月当空，月光似水的夜晚，她又害臊起来。她用劲地说："对不起……我还不知道你的姓呢……你有水吗？我喉咙干极了。"

拉比哈把水袋递给她，并扶着她喝水。奈菲赛浑身烧得滚烫滚烫的。

拉比哈不知道该怎么办才好，丢下她不管吗？那她肯定不能继续赶路了……她想走到哪里去呢？她这身男装打扮，又进这深山老林，肯定是要逃跑。可是，她要逃到哪里去呢？他决定问问她，因为他不能长久地待在这儿。那头母驴还驮着柴站在那儿呢。拉比哈支支吾吾地说："现在，咱们该怎么办？"

奈菲赛沉思了片刻，说道："咱们该怎么办呢？说真的，我也不知道。我的情况是这么糟糕，我想我是乘不上火车了！"

"火车？你要去旅行？"

奈菲赛惋惜地说："我本想去阿尔及尔，可是……"

拉比哈对菲赛刚才的话以及她的所作所为感到惊奇。一个姑娘竟然独自去阿尔及尔！而他一个堂堂男子汉却还害怕只身去阿尔及尔……他感到羞愧，尽管自己身强力壮，但是还不如一个姑娘！

拉比哈惶惑地对她说："你现在这个样子，肯定去不成了。"

"那怎么办呢？我不行了，连话也说不出来啦。"

拉比哈也感到左右为难，不知所措。他想了想说："要是我把柴卸在这里，把毛驴让给你骑，你也无法回家！可我又不能送你，因为大伙和你父亲会……"

拉比哈还没把话说完，就满面通红了，看来他不打算再说下去，但从语气上我们可以明白，要说的事一定是挺吓人的。

奈菲赛被毒蛇咬伤之后，全身发烧，心里极度惊慌，仿佛自己被扔在无底的火狱里。可是，当她又有了活命的希望，而且已经从双亲的桎梏下解放出来的时候，她便绞尽脑汁想办法要摆脱现在的困境。不管事情会怎么样，她绝不回家去。奈菲赛说：

“我绝不回家去。”

她沉默了片刻，凝思着该怎么办。然后，又问道：“从这里到‘迈济塔’车站很远吗？”

“‘迈济塔’车站，去车站不打这儿走，要从这里走的话，那就远啦！”

奈菲赛愕然失色地说：

“‘迈济塔’车站不从这儿走！那么，我走错了，是吗？”

“你瞧见那块岩石没有？路在那后面，咱们这儿去车站比从村子去更远。”

奈菲赛的粗心大意和不认识路，使拉比哈有点儿幸灾乐祸，他觉得自己又有了男子汉大丈夫的气概。他继续说道：

“你这个样子，什么事也干不成了。被蛇咬不是一件小事，你得躺着养几天伤，不能干任何事。所以我看你还是回家好。”

奈菲赛坚决地说：“我绝不回父亲的家。要是你肯帮忙的话，我求求你送我到公路旁，也许我能搭上一辆汽车，去阿尔及尔。”

拉比哈规劝着她：

“要是你能搭车子的话，我马上可以送你走。可是，你不行，被蛇咬伤中毒是很难办的，你需要医治几天！”

“可是，我上哪儿治疗？我该到哪儿去？”

奈菲赛说话太多了，觉得一阵头晕目眩。她定了定神，恳求拉比哈：“我能不能去你家？你家是唯一适合我去的地方。你妈不会说话，在你家住上几天，等我伤养好了就去阿尔及尔。我现在只有这条路可走啦！当然，这首先要你同意，其次要绝对保密，直到我能去阿尔及尔为止。”

拉比哈对奈菲赛的这个要求认真地考虑了一下。这件事对他来说并不是很容易办到的，可是，对奈菲赛来说也许是唯一的办法。因为她现在去阿尔及尔是绝对不行了，回她父亲的家也不可能，因为她这次出人意料的逃跑是这个村子里的风俗习惯所不能容忍的，特别对加迪家来说……如果答应了她，把她带到自己家里，那么他该给她准备起居用品，而且不能少于她在自己家里用的东西。可是他是一个穷光蛋，连一张床也没有……他能给奈菲赛预备什么呢？他家里没有一间空房，只有他和母亲住的一间屋。不过，这问题倒还好解决，他可以睡在院子附近的打谷场上，他以前经常睡在那儿。如果接受奈菲赛的请求，那么，他还会碰到第三个难题，那就是奈菲赛在他家里的事万一走漏了风声，传了出去，他怎么办？他母子俩的命还要不要？因为加迪一定会不顾一切地来向他报仇的，加迪和其他人绝不会相信事情的真相……拉比哈左右为难不好允诺。但他心里却是乐意接受姑娘的建议的。他也不知道这是什么原因。最后他迫不得已只好回答了她，表示同意。拉比哈对她这么说：

“你去我家会给咱俩都带来很多的不便。第一，我家只有一间屋子，没有适合你用的家具和床铺；第二，要是你住在我家的消息传出去，人们就会恶毒地中伤咱们。”

奈菲赛说：“重要的是这个方法可行：至于房间、家具诸如此类的事，对我来说无关紧要。人们的流言蜚语，到时候再说吧！”

奈菲赛还想同拉比哈着重说明一下，她将支付居住在他家期间所需的一切费用。但是，她怕这样说会挫伤他的感情，最后还是没有说出来。

拉比哈决定将她带回自己的家，说：

“那就去我家吧！一切听从安拉的安排啦！”

拉比哈走到毛驴跟前，解开绳子，把柴卸在地上，藏在树丛中。

他牵着毛驴到奈菲赛身旁，想扶她上毛驴。可是，奈菲赛却对他说：

“咱们先藏在一个隐蔽的地方，等到晚上走不是更好吗？我害怕白天有人会看见我。”

拉比哈说：

“在这儿待到晚上，比路上更危险。把你的斗篷穿得严实些，免得让人看见你的脸和脚。一切托福于安拉啦！咱们走一条偏僻的道儿，不会碰到什么人的。尽管天气很热，我们还是现在就走吧，现在赶集的人还没有回来。”

奈菲赛同意了他的意见，说：“这很对。劳驾你扶我一下！”

奈菲赛强打起精神挣扎着，她的身体仍然非常虚弱，只觉得一阵阵难受的恶心。说起来也奇怪，她已经完全忘记了自己是同一位陌生人在一起，他俩除了救与被救的关系外，没有任何关系。可她现在已经十分信赖拉比哈，把他当作自己的弟兄和亲属一样，完全顺从他了。她并非为目前的处境所迫而向拉比哈屈服的，而是甘心情愿地顺从他。这使拉比哈在某种程度上也把自己的处境置之度外了。人们会认为这种救护行为是越轨的，也会把他说成潜逃阴谋的参与者，但他把这一切的后果，统统丢在脑后。

拉比哈第一次见到奈菲赛时，就是奈菲赛叫他寄信那一天。当时，她并不需要他的救护和怜悯。那时，他是这样形容奈菲赛的：“……她像月亮一样地漂亮！”难道现在他就是为了她像月亮一样的美貌而如此卖力地为她出谋献策吗？或者说是这一次的奇遇使他把旧时的怨恨忘得一干二净了？还是山里人的秉性使他如此见义勇为？是的，这时拉比哈的秉性，是他在以往的牧羊生涯中养成的乐于助人的品德，尤其是对于弱者。奈菲赛现在与病弱的小绵羊或者在旷野里产羔的母羊有什么不同呢？或者说与被蛇咬的羊羔，又有什么区别呢？她像一只羊那样地需要他的精心照料。在大自然的怀抱里度过的牧羊生涯，把拉比哈熏陶成一个心地善良、慷慨大方、富有牺牲精神的人。他在任何困难面前都能坚韧不拔，临危不惧。大自然的熏陶，使拉比哈最爱未经人工雕琢的自然美……奈菲赛正具有这种自然美。即使现在她如此憔悴、软弱，可还是美得令人着迷……

拉比哈扶着奈菲赛从地上站起来的时候，并没有想到这位姑娘曾经在一个夜晚朝他的心灵上踹过一脚！当他情意绵绵想去吻她、拥抱她的时候，她怒骂了他，并把他赶了出去……奈菲赛虽然站起来了，可是她摇摇晃晃，几乎又要跌倒，她赶紧抓住了拉比哈。拉比哈见这般模样，觉得只能抱她骑上母驴了。于是，他问奈菲赛：

"我扶你一把呢，还是把你抱上毛驴？"

"我看，我什么也干不了了。"

拉比哈用双手抱起奈菲赛，把她放在母驴的背上。他第一次接触奈菲赛的身体，此时，仿佛有一股电流传遍了全身。当然这不是电击的那种剧烈疼痛，而是一种热辣辣的快感。他要不是因为她是病人而自我克制的话，一定会双手抱着她，站着，永远地站着！

拉比哈拿起斗篷，替奈菲赛穿好，把她全身盖得严严实实的，就上路了……

* * *

一路上没有发生什么事。只是奈菲赛呕吐了两次，第二次呕吐时，又差一点儿昏过去……他俩到家的时候，已经是下午两点钟。这时，赶集的人也陆续地回家了。

拉比哈母亲看到儿子双手抱着一位身穿斗篷、病恹恹的姑娘时，蓦然一惊。当她认出这位姑娘是谁的时候，更是万分惊讶、满腹狐疑。她打着手势问拉比哈："从哪里把她带来的？她怎么啦？干吗不带她回自己的家？”拉比哈也做着手势，示意母亲先把床铺弄好，再提这一大堆疑问。母亲很快照拉比哈的吩咐去做了，这使正在与中毒引起的疼痛做顽强搏斗的奈菲赛感激不已。接着，拉比哈用手势告诉母亲说："奈菲赛给蛇咬伤了，应该马上给她换药，给她敷上他从森林里采来的草药，里边还要掺一点儿大蒜。"拉比哈还告诉母亲：奈菲赛不想让任何人知道她在这里，她无论如何也不回父亲的家了。拉比哈还提醒母亲：只要奈菲赛还在家里，就不能让任何人进屋。母亲点点头，表示同意儿子的意见。

奈菲赛看着这个独特的场面：母子之间不用说话，只是做着手势就能迅速明白对方的意思。于是问拉比哈：

"你母亲不让我留在这儿吗？"

拉比哈大笑了起来："不，她不会反对的！我家是我做主。"

奈菲赛对拉比哈的大笑和他的自信，嫣然一笑。因为她确实看到了尽管是母子关系，但一切事情还是男人说了算。

拉比哈的母亲弄好了药，来到奈菲赛身旁。她笑盈盈地跟奈菲赛打着手势，意思是说这药会使她很快痊愈的。奈菲赛虽不太明白她手势的意思，但从女主人的微笑中，已经感到宽慰了。同时，她对这位女主人产生了好感。这时，她想起来了，这位女主人就是那天在为拉赫玛大娘送葬的时候，引起她注目的那个女人。

拉比哈母亲的药果真灵验。敷了以后，奈菲赛就觉得不那么痛了，一天来的恶心和呕吐现象也消失了。

拉比哈已经离开家，到村里的咖啡店去了。他对店老板瞎编了一套，他说他的姑妈病了，他得把她接回来跟母亲住上几天。所以，今天不能去打柴了。

晚上，拉比哈母亲按这村里老百姓的习惯，给奈菲赛烧好了蚕豆鸡肉汤。奈菲赛对这位哑巴女人整个傍晚精力充沛地干活儿感到敬佩。

而她感到更敬佩的是，这个家尽管很穷，可是却收拾的那样整洁、干净，家具摆得有条不紊，恰到好处。

拉比哈回来的时候，看到奈菲赛好多了，他也很高兴。便对奈菲赛说：

“看见了吗，我妈比我更会治病。”

奈菲赛高兴地回答了他，对他表示感谢。她还说，她很想跟他母亲聊天，可遗憾的是，他母亲无法谈话。拉比哈肯定地告诉她，过不久，她就能学会用手势说话的。

晚饭后，母亲给儿子取来一张旧席子，命令他睡在屋外。拉比哈告诉母亲，他本来就想这样做。拉比哈向她俩道了晚安，祝愿她俩过个安静的夜晚，便走了出去。

过了一会儿，悠扬的笛声传到了奈菲赛的耳边……这动听悦耳的曲调有点儿像她第一次昏厥时在幻觉中听到的曲调。不过，现在不是在梦幻中，这是实实在在的动人的乐曲，而且吹笛人近在咫尺。拉比哈吹着笛子，陶醉在梦境之中，这是他一生中不曾有过的。梦境中出现了像月亮一样美丽的姑娘，她就是奈菲赛姑娘，她曾在一天夜晚使拉比哈大失所望，让他第一次尝到了痛苦的滋味；就是这位姑娘——连她本人也不曾料到，使他改变生活方式，从寄人篱下的生活走向另一条生气勃勃的生活道路。这种生活的动力就是自力更生、依靠自己……他的生活来自于这个迷人的姑娘，可他搞不清，为什么这位姑娘今天会踏上那块地方，被蛇咬伤躺在地上。拉比哈吹的曲子，表达了他缠绵复杂的感情，这些感情关系到前途，关系到这位姑娘的命运和他自己的命运。此时拉比哈真是悲喜交加，这婉转缠绵的曲子叙述了他的幸福与痛苦、欢乐与悲哀。

奈菲赛母亲上坟回来了。她在每个亲人的墓前，默默地洒了不少眼泪。她回到家时，忽然发觉家中没有一点儿动静！母亲喊着宝贝女儿奈菲赛的名字，找遍了所有房间，每个角落，都不见奈菲赛。也许大地像以前一样吞噬了她的亲人！这位失去女儿的母亲心痛似绞，她被种种恐惧、疑虑、猜测折腾得昏昏沉沉……奈菲赛难道被人抢走了？难道她被人破坏了最珍贵的贞洁后，带着耻辱去四处求救了？还是无颜再见人逃走了……她……她，她在哪里呢？母亲哭了，恸哭起来。她尖声喊叫着，号啕痛哭着……可是，这一切的一切，奈菲赛都没有听见。因为这个时候，她正被蛇咬伤，倒在地上挣扎着……

几分钟，几个小时过去了。不管母亲怎样四处寻找，大声哭叫呼喊，悲痛欲绝，都没能使奈菲赛回来，也没有得到关于她的任何消息。赶集的人快回来了，哈伊拉越来越惶恐不安，越来越悲观失望……她如何把这个消息告诉丈夫呢？怎么跟他说呢？丈夫会做出些什么行动来呢？这是一场悲剧，是落在这位母亲头上的飞来横祸。主啊，我的主啊！……为什么呀！主啊，我的女儿在哪里？主啊！……可是，呼天天不灵，喊地地不应！

丈夫回来时，看见哈伊拉已经哭成了泪人。也就是在那个时候，拉比哈正走过奈菲赛的身旁，看见她晕倒在地上，浑身发烫，不省人事……

加迪听到这令人心碎的消息后，顿时觉得天昏地暗，什么也看不见了。他左思右想，只能得出一个答案：女儿一定是逃跑了，不会是发生了别的意外。他气急败坏，怒气冲冲。因为这件事，他要成为人们的笑柄了，因为这件事，他一生中苦心经营得到的荣誉、名声、尊严都将通通毁于瞬间。他感到耻辱，觉得丢尽了脸，体面、威风都通通一扫而光，他变成了一个平凡、低下、无足轻重的人。他的话再也没有人听了。就这样，他一生为之奋斗的土地，也会从他手里丢失，成为那些“土地的敌人”的财产，成为一帮穷光蛋和在咖啡店闲聊鬼混的人的财产。从今天起，乡长不仅不再是他的女婿（这女婿也许会为了保护他的土地，而反对实行土地国有化，或者帮他混过目前这一段日子），而且还会成为他的最凶恶、最危险的劲敌。最后，所有的事都会抖出来。他在民族解放战争年代，付出的捐款会被视为耍两面手段，虚情假意，政府和老百姓都会对他另眼相看。在他看来，世界不仅变成漆黑一团，而且会成为一座四周密布着铁丝网的狭窄的监狱……他将成为一个穷光蛋，而且是一个没有良心、没有脸皮、被人唾弃的穷光蛋……谁也不会喊他那个响当当的名字了。有人将会按照他女儿的品行来称呼他，有人会喊他奈菲赛爸爸，或者也可以叫私奔者的父亲。天地间的公道是不容私情的，人世间的复仇是永存的。他甚至会变成他不认识的人的仇敌……这就是生活的法则！

这些乌七八糟的想法，差一点儿使加迪神经错乱。这一晚，他坐立不安，束手无策，他根本没有想到自己应该出去认真地找一找女儿。不一会儿，他便把这一沉重打击的怒气全发泄在妻子身上。他大发雷霆，拳打脚踢地揍了妻子一顿，差一点儿使她卧床不起。儿子加迪尔对他的举动感到奇怪，为什么父亲刚才跟他在一起的时候还好好的，一下子就变得对母亲这样凶狠、野蛮！

*　　*　　*

“你怎么样？”

“很好，感谢安拉！”

“你睡得好吗？”

“还可以，就是伤口太疼了。”

“那肯定是大蒜在起作用。不管怎么说，你脱离危险了。”

“昨天，是我一生中最痛苦的一天。”

“蛇伤不好治。要不是你命大，早完蛋了。你给蛇咬得并不轻，当我切开伤口的时候，滴出的血黑的像焦油。我用嘴吮出的毒血，也是黑的。算你运气好，也亏你有心，早已经把腿扎住了……”

奈菲赛听到拉比哈说他吮吸了她腿上的毒血，惊讶了。

“你吮吸我腿上的毒血？你倒还是好好的，没有中毒吧？”

“我……我已经习惯于吮吸毒血了。”

他差点儿要说出“我当羊倌的时候”但话未出口，噎在喉咙里了。他俩沉默了。

“你救了我的命，”奈菲赛说，“要是没有你的话，我早已成了野兽和豺狼的珍馐了。”

“这是碰巧的事，得赞美安拉！我这就去咖啡店，我去商店，你需要买点儿什么吗？”

“不，谢谢你！我不需要什么。我要说的话，就是希望住在这里不要给你添麻烦。”奈菲赛摸着钱包，想给他钱。拉比哈没有觉察，拉比哈母亲比儿子明白得快，她还未等奈菲赛掏出钱来，就连忙给奈菲赛和拉比哈打手势，表示坚决不要。拉比哈这才恍然大悟。

“千万不要这样。你要把自己当成我们家中的一员。况且，我们也不缺什么。”

奈菲赛执意要拿钱出来，但她还是拗不过母子俩，只好作罢。

拉比哈去咖啡店跟那些无所事事、整天混日子的人们坐在一起。在那里，他听到有一个人在悄悄地谈论着奈菲赛逃跑的事。

“在阿尔及尔，奈菲赛有一位情人，”那个人对坐在他旁边的两个人说，“他听到奈菲赛要跟乡长结婚的消息后，就来到这里，带着她私奔了。”

“我不相信。”坐在他旁边两个人中的一个说，“城里人才胆小怕事呢！你怎么能想象一个在城里长大的人，能到乡下来带着一个姑娘私奔？不，不可能……城里人没能耐干那样的事。”

“那么，对奈菲赛的逃跑你能做什么样的解释？”传播消息的人反驳说，“难道她让妖精抢走了？”

第三个人插嘴说：“女人的秘密，只有安拉知道。谁知道她上哪儿去了呢？要不，她干吗要逃跑？这件事只有安拉知道。”

这三个人继续议论着奈菲赛逃跑的事。这天的大清早，奈菲赛失踪的消息已经传得家喻户晓，老幼皆知了。拉比哈回到家里，把他听到的事通通告诉了奈菲赛，他俩一块儿想办法，以防万一。

不出几个小时，加迪家就像开了锅似的。乡亲们来了，男男女女、亲戚朋友也都纷至沓来。男人们在跟加迪商量怎么办，妇女们和奈菲赛母亲待在一块儿，说些安慰的话，劝她想开些，有时还陪着她哭几声。

大伙商量了好久之后，都主张去中央村，向干部报告这件事。尽管多数人认为，奈菲赛是逃跑了，可也还有人说，姑娘也许是在母亲不在家的时候，被犯罪分子劫持走的。加迪束手无策，只好去禀报乡长和派出所所长。

就这样，奈菲赛失踪的消息，成了人们公开和私下谈论的中心，成了这个村子的头条新闻……

* * *

拉比哈的哑巴母亲在院子里，削着罗望子果皮。拉比哈蹲在一旁洗果子，剥掉外面的刺，然后一个一个地递给母亲。今天晚上，天气与前几天截然不同，才五点钟左右，就非常凉爽宜人了。奈菲赛站在门槛上，看着母子俩亲切自然地在一起干活儿。奈菲赛的病好多了，身体也逐渐恢复了。她能站起来，有时还能走一会儿。她的胃口很好，吃得很多，睡觉也很好。

她对拉比哈说：

“我在你家已经住了九天啦……”

拉比哈说：“这九天好像是一眨眼的工夫，时间过得真快！”

拉比哈母亲询问儿子奈菲赛想做什么。拉比哈指着奈菲赛，扳下九个手指回答了她。母亲明白了意思，赶紧打手势说，在母子俩孤苦伶仃的一生中，不曾有过像这几天一样开心的日子。拉比哈把母亲说的话告诉奈菲赛。奈菲赛这时已经学会了几句手语，懂了一点儿手语的意思。她打着手势做了回答。

“所有这些，都归功于你们的慷慨大方！”接着，她问拉比哈：

“人们能在夜间去‘迈济塔’车站吗？”

拉比哈不知道为什么一听这话心就扑扑直跳，他说：

“当然可以。赶夜车的旅客，大多是晚上才去车站的。因为晚上凉快，路上好走。”

“他们不怕被蛇咬着？”

拉比哈看到这个姑娘天真幼稚，缺乏农村生活经验，哈哈大笑起来。

“你以为蛇生下来，就是害人的吗？”他对奈菲赛解释着，“蛇使人害怕，可是，它更害怕自己被人杀死！没有人会怕它的，你不会像上次那样给蛇咬了。况且这次去车站，你不是走着去，而是骑驴去。”

听了拉比哈的回答，奈菲赛满心喜悦：“那么，明天晚上，我就到阿尔及尔去。如果你知道火车经过这站的时间，我求求你告诉我。”

“火车经过这个车站的时间是半夜两点钟，可是经常晚点。”拉比哈回答说，“坐夜车的乘客很多，车上很难找到座位。连插针的地方也没有，只是人挤人，有时还会发生争吵。乘过夜车的人都这么说。”

“挤倒不要紧，我知道该怎样才能找到座位。”

拉比哈与奈菲赛的谈话，引起了母亲的注意与好奇。于是，拉比哈就把他与奈菲赛的谈话告诉了她，母亲布满皱纹的脸上，闪过了痛苦的神情。她连忙打着手势问道："我的孩子，你就要撇下我们走啦？"奈菲赛问拉比哈他母亲说些什么，拉比哈告诉了她。奈菲赛对他母亲说："我也是舍不得离开你们。可是，我一定要走，此外没有别的办法。"

奈菲赛被善良的母亲深深地感动了，她充满感激地说："我一辈子也不会忘记你俩的恩德……"

他们正说着话。突然，院子外的大门口闯进了一位老太太，她像大多数贝都因地区的老太太一样，不打招呼就闯了进来。奈菲赛一见到她，心中突然一惊，愕然失色。拉比哈和他母亲也为这意外的不受欢迎的人的来访感到惊慌失措……可是那老太太已经走进了院子，奈菲赛被她看见了，一切都完了！幸好，老太太并不认识奈菲赛，她只是听别人说起过她。

拉比哈母亲站起来，迎接这位老太太。她打着手势，指着奈菲赛说：这是她的外甥女，住在一个很偏僻的村子，到这里来住几天。老太太明白了，亲了亲奈菲赛。问候了她一句，也问了问她母亲怎么样。奈菲赛心中还是扑通扑通地直打鼓，她答道：

"我母亲很好。我到姨妈家里来住几天……"

拉比哈给她们当翻译。三个人这才从不速之客的到来引起的窘态中解脱出来。他们一起吃着罗望子果。拉比哈却走出院子，摆脱了这种糟糕的翻译工作。他觉得，如果这样翻译下去，定会漏洞百出。奈菲赛的事也许就会暴露。

* * *

加迪在中央村待了一整天，太阳下山后才回家。村里有一个与加迪是对头的老乡已经得悉奈菲赛在羊倌家里了。这一惊人的消息又勾起了他的旧恨，为了告诉加迪他女儿藏在哪里，他已经等了他一整天了，他这样做既可替自己出怨气，还可当面出出加迪的丑。他在加迪回来时必定经过的大路旁，找了一个地方坐下，等待着加迪。

加迪终于骑着马出现了。那老乡立即站起来，示意加迪停下。

“哎，加迪先生！要是没有什么不方便的话，请你停一下，我有件要紧的事跟你说。”

加迪从马背上跳了下来，跟他握了握手。两人互相问候之后，一起慢慢地走着。

“有福气的老头儿，你有什么新消息啊？”加迪问道。他本以为，这个老头儿找他谈的不外是农活儿方面的事。

“我想告诉你一个秘密，”老头儿郑重地说，“它对你来说是事关重大的，是我今天早晨刚听说的。”

“有关农活儿方面的事吗？”加迪问。

“不是！比农活儿还重要。我听大伙儿说，你女儿也许逃走了，也许是被人抢走了。不管怎么说，你现在正在找她。我看在咱俩交情的分上，刚听到你女儿的去向，就马上来找你了，可是一直没找到你。”

加迪一听这消息惊恐失色：“我女儿？你当真知道？你真的知道她在什么地方？”

“我的朋友，我真的知道她在什么地方！”

“她藏在村子里，还是躲在远处？你可不能对我说假话！要不然后果是不堪设想的。你说，她在哪儿？”

“瞧你激动的样子！你镇静一点儿！你也不是第一次为孩子们的事受折磨了。咱们这一代真不理解年轻的一代呀！”

加迪打断了他的话，厉声喊道：“她在哪里，在哪里？”

“她在村子里，就在你以前的羊倌家里！”

“在羊倌家里？谁看见了？她干吗到羊倌家里藏起来？你说……”

“我该说些什么呢？我已经告诉你，她在你以前的羊倌家里。要是你不相信的话，那你就自己去一趟！”

“我这就去！不过，你得当心点儿！要是你在造谣，败坏我的名声……”

“我的兄弟，我干吗要败坏你的名声？赞美安拉！我只想帮你一点儿忙，我跟你一样也是当父亲的人。俗话说得好：今日你请客，明日我还礼！我奉劝你，你如果一定要把女儿从羊倌家带回来的话，可要小心，提防着点儿！这一代青年人，咱们真弄不懂。”

“好！这就是你要给我说的话？你要什么报酬？”

“不，不要！我帮你的忙，并不是为了得报酬。正如我刚才跟你说过的那样，我跟你一样，都是做父亲的人。再见啦！”

“那么，谢谢你！我希望你的消息不会是假的。”

“你去证实我的话吧。咱们明儿见！我再奉劝你一次，你要是去羊倌家，可要当心哪！谁知道呢？这一代人的品行可不像我们。”

老头儿走了。加迪火冒三丈！他恨透了这个老头儿，但更恨那拐走他女儿的羊倌。他咬牙切齿地发誓：要宰掉羊倌！

羊倌的家坐落在高高的山坡上。加迪扯断了常佩在腰间的布萨阿达刀子上的带子，把刀紧紧地攥在手里，继续赶路。他虽然年事已高，但登上山坡，赶到羊倌家之前，由于愤怒至极，也不觉得累了。还未到羊倌家门，他就琢磨好了：不敲门闯进去，给他们一个突然袭击！如果奈菲赛在的话，她就来不及躲藏了。

当他突然闯进羊倌家院子的时候，一眼看见女儿正和羊倌的母亲在一起哈哈大笑，羊倌站在一旁，手里提着一个水罐。加迪一声不吭，像疯子一样朝羊倌扑去……

事情发生得突然，拉比哈还没来得及自卫，就像绵羊一样被擒了。加迪紧紧地抱住他，把他摔倒在地上。拉比哈看见自己的狼狈相，惶惑地犹豫着：是随他打不还手，让他消消气呢，还是自卫？拉比哈确信：

加迪并非是他的对手。他不是因为害怕而是因为羞愧才踌躇的。

这时，拉比哈母亲和奈菲赛都吓得面如土色，胆战心惊地站在一旁。

加迪用膝盖顶着拉比哈的肚子，手摸着刀鞘，迅速地抽出刀子，对准了小伙子的脖子，他要像宰羊一样地杀死他，消除心头之恨，为自己的名誉雪耻。他已经疯狂到这样的地步，他准备在宰了羊倌之后，再杀死自己的女儿和羊倌的母亲，让这房子变成一片血场!

在这一瞬间的时候，哑巴母亲瞧见刀子已经刺破儿子的脖子了，她迅速地跳到房子的一角，操起一把斧头，朝加迪头上砍去! 加迪马上倒在地上，失去了知觉。羊倌的母亲扯开嗓子死命地号叫起来……

鲜血从加迪头上涌了出来。受了伤的拉比哈脖子上也鲜血直流。这突如其来的惨事把奈菲赛吓得魂不附体，不知如何是好。她呆若木鸡地站在那里。过了一会儿，她总算安定了些，她望见老泪纵流的哑巴母亲正在给儿子包扎抢救。她又看见倒在地上的父亲纹丝不动，头上淌着鲜血。刹那间，奈菲赛产生了一种恻隐之心，她也赶忙跑去抢救完全昏厥过去的父亲。

两人各自给受伤的人做了简单的抢救后，拉比哈母亲站了起来，抓住奈菲赛的手，把她推到门外，然后又声嘶力竭地号叫起来……

奈菲赛在门外站了片刻，思索着自己该怎么办。她决定离开羊倌的家，回到自己的家去。事情到了这种地步，她的全部计划都彻底破产了。原本打算今天晚上去阿尔及尔，现在只能成为泡影了。

她走进羊倌的房间，收拾好衣服，提起旅行包，离开了羊倌的家。在回家的路上，她不时碰到一群一群朝羊倌家跑的人。哑巴女人声嘶力竭的号叫声，划破了村庄傍晚的宁静。奈菲赛继续朝自己的家走去。她在几小时以前，根本不想有一天再踏进这个家的大门。一个老头儿气喘吁吁地跑来，他一见奈菲赛是从羊倌家方向来的，便向她打听哑巴女人为什么号叫，奈菲赛简要地把刚才发生的事讲了一遍，不过她没有对这位老头儿谈任何细节。

她继续朝前走着，觉得自己不是在皓月当空、崎岖不平的道路上，而还是在刚刚发生的、像电影一样的情景中……奈菲赛回忆起当她父亲的膝盖顶着羊倌肚子的时候，她是多么恨自己的父亲。可是，当父亲被哑巴女人砍了一斧子，倒在地上鲜血直淌的时候，她的怨恨不知怎么一下子又变成了怜悯。奈菲赛又想到，当她看到哑巴母亲的儿子受到攻击而倒在地上要被杀死时，她是多么同情这位母亲。可是现在，她对羊倌家所有的爱与同情，都变成了一种痛苦的失望。奈菲赛不懂得什么是母爱，也不懂得什么是村妇的秉性！

南风又疯狂地刮了起来。呼啸声在这村子四周的崇山峻岭、小山土丘上回荡着，月光溶溶的大地又笼罩在弥漫着的风沙里，沉没在“吉卜利”季风刮起的满天黄尘之中……

后　记

阿卜杜·哈米德·本·海杜卡是阿尔及利亚当代著名作家。1925年生于阿尔及利亚东部塞蒂夫省迈西拉市。他自幼生活在农村，对农村生活十分熟悉，而且经历过八年抗击法国殖民主义的斗争。因此他的作品大多反映抗法战争及农村的生活，具有浓厚的乡土气息。他作品里的人物在阿尔及利亚农村几乎到处可见。他虽然描写的是平凡的人物和琐碎的小事，但却真实地反映出阿尔及利亚的现实生活，揭示了社会中各种人物的内心世界，也表达了作者对旧势力的痛恨和对新世界的向往。他的主要作品有：长篇小说《南风》《昨日的终结》《奴隶的牧羊神》，短篇小说集《七色光》《阿尔及利亚》《作家》和诗集《幽灵》等。

《南风》是阿卜杜·哈米德·本·海杜卡的有代表性的重要作品。它反映阿尔及利亚独立之后，农村所发生的变革和新旧势力之间的抗争，鞭挞以加迪为代表的旧势力，同时也描写了由于封建社会残余势力的影响，农村依旧落后、贫苦的面貌。通过做陶器的老大娘拉赫玛悲惨的一生和青年女学生奈菲赛的不幸遭遇，诉说了阿尔及利亚妇女在社会上地位低下的状况。同时也反映出像乡长马立克这样的参加过抗法战争的青年立志改革农村的愿望。这一切说明阿尔及利亚人民虽然从殖民主义统治下解放了出来，但还有许多矛盾和问题需要解决，斗争还远远没有结束。就像书中那位英勇的革命战士马立克所想的：“武装革命把人们从殖民主义桎梏中解放了出来，却没有使人们摆脱迷信。应该进行另一场革命。经过七年半的浴血奋战，这里还有人是如此地仇恨大伙，仇恨无辜者。只要在这块用无辜者的鲜血浇灌起来的土地上还活着这种土生土长的反对派，那么，革命就尚未成功，战争还未结束。”阿尔及利亚人民对于新的斗争充满信心，因为他们相信自己的力量，也正如马立克所想的那样：“他们是人民？也是穷人……啊，倘若他们知道自己的真正力量，并且尽力发挥的时候，他们就会懂得：不论什么样杂草丛生、荆棘遍地的荒野，都可以变成肥沃富饶的良田。”这是多么有力的语言啊！

作者在小说中塑造了一些鲜明生动的人物形象，描写了他们的心理活动。书中的主要人物马立克在革命战争中表现得十分勇敢，在建设祖国的事业中表现得十分坚决，他与加迪始终针锋相对，一次又一次战胜了加迪给他设下的阴谋诡计；他对人民怀着深厚的感情，相信人民有能力建设好自己的家园。这是一个值得钦佩的战士。和马立克站在对立面的地主加迪也描写得很成功。加迪为了保持自己的财产地位，周旋在殖民主义者和革命者之间，两面讨好。革命胜利后，他又想把女儿嫁给马立克，拉拢与革命政权的关系，但他始终站在反动的立场上。作者通过这一系列的细节刻画这个人物，没有把他简单化地处理。因此，一个贪婪阴险而又善于投机取巧的人物面貌就生动地出现在读者面前。

《南风》被称作是阿尔及利亚第一部成功地用阿拉伯文创作的长篇小说，在阿拉伯文坛上有一定影响。小说出版后，被改编成电影。

译　者

1983年6月

图书在版编目（CIP）数据

南风 /（阿尔及）阿卜杜·哈米德·本·海杜卡著；陶自强，吴茴萱译. -- 北京：华文出版社，2017.9

ISBN 978-7-5075-4758-0

Ⅰ. ①南… Ⅱ. ①阿… ②陶… ③吴… Ⅲ. ①长篇小说－阿尔及利亚－现代 Ⅳ. ①I415.45

中国版本图书馆CIP数据核字（2017）第239202号

南　风

作　　者：〔阿尔及利亚〕阿卜杜·哈米德·本·海杜卡
译　　者：陶自强　吴茴萱
策　　划：杨　平
责任编辑：齐　雯
特邀编辑：麦日排提·麦合木提
出版发行：華文出版社
社　　址：北京市西城区广外大街305号8区2号楼
邮政编码：100055
网　　址：http://www.hwcbs.com.cn
电子信箱：sinoculturepress@yahoo.com
电　　话：总编室 010-58336239　发行部 010-58336270
　　　　　责任编辑 010-58336218
经　　销：新华书店
印　　刷：北京联兴盛业印刷股份有限公司
开　　本：710 × 1000　1/16
印　　张：12.75
字　　数：140 千字
版　　次：2017 年 10 月第 1 版
印　　次：2017 年 10 月第 1 次印刷
标准书号：ISBN 978-7-5075-4758-0
定　　价：38.00 元